BASTEI
LÜBBE

Aus der Taschenbuchreihe JERRY COTTON – Neuauflage – sind nachstehende Romane erhältlich. Fragen Sie im Buch- oder Zeitschriftenhandel nach diesen Titeln:

---

32 040 Erpresser kontra Weißes Haus
32 041 Unternehmen Todesstuhl
32 042 Zum Geburtstag eine Leiche
32 043 Höllentage in Las Vegas
32 044 Spitze Absätze
32 045 Mordverein der Millionäre
32 046 Galgenfrist für Johnny Finch
32 047 Süßer Tod in heißen Nächten
32 048 Atomstadt in der Unterwelt
32 049 Kein Pardon für einen Killer
32 050 Der goldene Schlagring
32 051 Apartment des Grauens
32 052 Ich und der Mörder
32 053 Heißes Wochenende
32 054 Hände weg von Evelyn
32 055 Stadt der Mörder
32 056 Vom Teufel geküßt
32 057 Höllen-Kommando
32 058 Begnadigt zum Schafott
32 059 Blutiges Pflaster
32 060 Dollar-Baby
32 061 3000 Meilen Todesangst
32 062 Zu heiß für Cat
32 063 Sterben muß, wer Jossy küßt
32 064 Die Bestie von Brooklyn
32 065 Todes-Blues
32 066 Heiße Orchideen
32 067 Für mein Leben keinen Cent
32 068 Dämon der Nächte
32 069 In der siebenten Hölle
32 070 Die Florida-Killer
32 071 Du mußt sterben, Lady!
32 072 Wild wie eine Harlem-Katze
32 073 Klinik der grausamen Frauen
32 074 Heroin auf nackter Haut
32 075 Nachruf aus der Hölle
32 076 Mafia-Melodie
32 077 Grausame Engel
32 078 Tödlicher Morgen
32 079 Dolly läßt das Töten nicht
32 080 Killer-Camp
32 081 Kennwort Roter Drache
32 082 Alaska-Teufel
32 083 Ein Toter auf Pier 17
32 084 Gold in blutigen Fäusten
32 085 Todes-Rausch
32 086 Die Hinrichtung
32 087 Die bitteren Träume von Harlem
32 088 Sechs Mörder und fünf Masken
32 089 . . . und nichts als die Wahrheit
32 090 Die längste Nacht hat keinen Morgen
32 091 Die Todeswolke
32 092 Der silberblonde Teufel
32 093 Todesblüten im Paradies
32 094 Die Nacht der Menschenhaie
32 095 Wir jagten das Maskengesicht
32 096 Der entführte Astronaut
32 097 Die Party-Killer von Los Angeles
32 098 Die Cosa Nostra läßt grüßen
32 099 Nach all diesen Morden
32 100 Tödlicher Donnerstag

Jerry Cotton

# Sein Name war Capello

Kriminalroman

BASTEI LÜBBE

BASTEI-LÜBBE-TASCHENBUCH
Jerry Cotton – Neuauflage –
Band 32 101

Erste Auflage: Mai 1970
Zweite Auflage: Februar 1989

Unser Titelfoto zeigt Charles Bronson in dem Reißer »Kalter Hauch«.
Der auf unserem Titelfoto dargestellte Schauspieler steht in keinem Zusammenhang mit dem Titel und Inhalt dieses Bastei-Romans.


Titelfoto: United Artists
Umschlaggestaltung: Quadro Grafik, Bensberg
Satz: Fotosatz Steckstor, Bensberg
Druck und Verarbeitung:
Brodard & Taupin, La Flèche, Frankreich
Printed in France
ISBN 3–404–32101–4

Der Preis dieses Bandes versteht sich einschließlich der gesetzlichen Mehrwertsteuer.

Es sah nach einem alltäglichen Job aus. Wir sollten Frank Capello aufspüren, einen seit langem gesuchten Verbrecher. Frank Capello war in einem kleinen Nest am Long Island Sound gesehen worden. Routinefall, dachten wir, mein Freund Phil Decker und ich. Aber wir hatten nicht mit dem Hurrikan gerechnet. Frank Capello allerdings auch nicht.

Hurrikane sind unberechenbar wie Frauen. Vor allem dann, wenn sie unvermittelt so weit im Norden auftauchen. Tödliche Ladys. Die Meteorologen geben ihnen Frauennamen – sie wissen, warum. Dem ersten Hurrikan im Jahr einen mit dem Anfangsbuchstaben A, dem zweiten einen mit dem Buchstaben B und so weiter. Dies war der erste Hurrikan in diesem Jahr im Bereich der Ostküste, obwohl es schon Ende August war. Einer der Meteorologen taufte ihn auf den Namen Agatha. Ein harmloser, etwas altmodisch klingender Name. Aber in diesem Fall bedeutete Agatha Tod.

Die drei Männer saßen regungslos in dem alten Packard. Sie beobachteten den erleuchteten Eingang der Kneipe gegenüber. Der große schwarze Wagen stand im Dunkeln. Die beiden Männer auf den vorderen Sitzen schirmten die Glut ihrer Zigaretten mit der hohlen Hand ab. Es war kurz nach Mitternacht, und es gab kaum noch Fußgänger. Der Platz lag ruhig da. Nur hin und wieder, wenn ein Gast schwankend die Kneipe gegenüber verließ, klangen Fetzen von Musik zu den Männern in dem Packard herüber. Die sanfte Brise von der See her roch nach Fisch und Wasser und schmeckte salzig.

Wieder öffnete sich die Tür der kleinen Fischerbar. Ein schmächtiger, älterer Mann stand im Schein der Lampe, sah sich kurz um und vergrub die Hände in den Hosentaschen, obwohl es ausgesprochen warm war. Langsam ging er los, betrat den Platz und steuerte zielsicher auf die Einmündung einer engen Gasse zu, die zum Strand hinunterführte.

Lautlos verließen zwei der drei Männer ihren Wagen. Der Schmale mußte nahe an ihnen vorbei, aber er bemerkte sie erst, als er schon fast mit ihnen zusammenprallte.

»Stop«, sagte einer der Männer. »Sind Sie Adam Shingler?«

Der Angesprochene blieb stehen und versuchte, die Gesichter der Männer zu erkennen. Aber das trübe Licht der Bar drang nicht bis hierher. Shingler sah nur die wuchtigen Getalten, die ruhig vor ihm standen. Sie erschienen ihm plötzlich bedrohlich. Unruhig zog er die schmalen Schultern hoch.

»Was wollen Sie?« fragte er schließlich unsicher.

»Adam Shingler?« fragte einer der Männer noch einmal. Es war ein großer Bursche mit rötlichen Haaren. Als Shingler zaghaft nickte, packte der Rothaarige plötzlich zu und schlang zwei knochige Arme um Shinglers magere Brust. Dann stieß er einen leisen Pfiff aus.

Der schwarze Wagen glitt heran und hielt neben der Gruppe.

Die rechte vordere Tür flog auf. Jetzt begann Shingler zu schreien.

Der Rothaarige ließ los, riß Shinger herum und knallte ihm die Rückseite seiner Hand über den Mund. Der Schrei erstarb in einem Wimmern. Roh stieß der Rothaarige den Schmächtigen in den Wagen und setzte sich neben ihn. Der andere Mann kletterte auf den Rücksitz.

Der Packard setzte sich sofort in Bewegung. Leise, ohne Licht rollte der große Wagen in die Gasse hinein. Am Ende bog er nach links ab und schaukelte über einen ausgefahrenen Sandweg. Im matten Schein des Mondes waren kleine Holzhäuser unter windzerzausten Birken und Fichten zu erkennen. Die Fenster und Türen waren mit massiven Schlagläden verschlossen. Auf der rechten Seite plätscherten glitzernde Wellen träge auf den Strand.

Der Rothaarige hielt Shingler am Arm fest. Shingler versuchte, um sich zu schlagen. Verbissen zerrte er an seinem Arm. Der Rothaarige schlug ihm einen kurzen Haken in die Rippen, der den Kleinen zusammensacken ließ, und schickte noch einen Schlag gegen die Kinnlade hinterher. Mit einem unangenehmen Geräusch schlugen die Zähne des Entführten zusammen. Langsam kippte der Mann zur Seite und lehnte dann bewußtlos an der Schulter des Rothaarigen.

»Mach's nicht zu hart«, warnte der Mann am Steuer. »Er soll uns noch einiges erzählen!«

Der Rothaarige grunzte unwillig. »Ein bißchen Terror gleich am Anfang, und der Bursche spurt. Er soll sehen, daß wir keine Spaßmacher sind.«

Der schwarze Wagen stoppte an einer Einfahrt. Am Ende des Weges erkannten die Männer die undeutlichen Konturen eines niedrigen Gebäudes.

Die Gangster stiegen aus. Sie packten den alten Mann an den Schultern und Füßen, zerrten ihn aus dem Wagen und trugen ihn die Einfahrt hinauf. Vor dem Tor des Schuppens hielten sie an, und einer öffnete es. Die Scharniere quietschten laut durch die Nacht. Gemeinsam schleppten sie ihr Opfer in den Schuppen hinein und schlossen das Tor wieder. Einer der Gangster, ein langer, schlaksiger Bursche mit unruhigen Bewegungen, knipste eine Taschenlampe an. Der dünne Strahl der Lampe fiel über ein flaches Motorboot auf einem Bootsschlitten und einen Landrover.

Der Rothaarige richtete den Schmächtigen auf und schüttelte ihn. Der Mann zuckte krampfhaft und öffnete zögernd die Augen. Der Gangster stieß ihn roh gegen die Bretterwand und hielt ihn dort fest.

Jetzt schob sich ein anderer Gangster neben den Rothaarigen. Es war ein großer, schlanker Mann in einem eleganten dunkelblauen Anzug. Der Schlacksige leuchtete mit seiner Lampe in Shinglers Augen.

»So, Mr. Shingler«, begann der Elegante mit sanfter Stimme. »Sie werden uns nun einiges erzählen. Zuvor möchte ich Ihnen etwas sagen. Wir haben uns nach Ihnen erkundigt. Sie sind Buchhalter, Lohnbuchhalter, um genau zu sein, bei der Fischfabrik von Willow's Point. Sie leben allein in einem kleinen Haus in der Gasse dahinten«, er machte eine vage Bewegung mit der linken Hand, die der Kleine allerdings kaum sehen konnte. »Diese beiden Tatsachen haben unsere Wahl auf Sie fallen lassen. Und heute abend hatten wir noch Gelegenheit, ein interessantes Gespräch zu verfolgen, wirklich interessant. In der Bar unterhielten sich ein paar Männer über Sie. Vielleicht nicht die feine Art, über einen Mann herzuziehen, der nicht anwesend ist, aber das spielt keine Rolle.« Der Elegante machte eine Kunstpause. »Ihr Chef würde Augen machen«, sagte er dann. Bisher hatte er leise und sanft, fast träge gesprochen. Jetzt zischte er scharf: »Was machen Sie mit all dem Geld, Alter?«

Der Kleine ächzte. »Was meinen Sie?« krächzte er.

»Sie wissen genau, was ich meine. Überall haben Sie Schulden. Dreißig Dollar beim Wirt, zwanzig bei einem Burschen namens Will Stanton, fünfzig bei . . . soll ich fortfahren?«

»Nein, nein!«

»Also, was machen Sie mit dem Geld? Wofür muß sich ein alleinstehender Mann, der einen guten Job hat, noch Geld leihen?«

Shingler stöhnte nur.

»Soll ich raten? Ich kann es mir denken, und ich habe volles Verständnis dafür. Aber ob Ihr Chef... Ein Buchhalter sollte keine Schulden haben, Mr. Shingler. Das wird nicht gerne gesehen.«

Der Kleine wimmerte auf. »Ich bezahle ja alles, bestimmt. Am Freitag, morgen. Sagen Sie Marco...«

»Wer ist Marco?«

Der Kleine stöhnte nur und antwortete nicht.

»Wer ist Marco?« Drohend hob der Rothaarige seine Faust. Shingler legte schützend seine Arme um den Kopf. »Marco ist Buchmacher«, flüsterte er tonlos.

»Na also«, stellte der Rothaarige zufrieden fest.

Jetzt schob sich der Elegante wieder vor. »Wir sind nicht gekommen, um Ihre Spielschulden einzutreiben. Von Ihrer stillen Leidenschaft erfährt niemand, wenn Sie uns einen kleinen Gefallen tun. Wir haben da etwas von einem Geldtransporter läuten gehört, der euch da oben den Kies bringt. Erzählen Sie uns schnell davon, und wir lassen Sie in Ruhe.«

Shingler stöhnte. »Mann, das darf ich doch nicht!«

Der Rothaarige stemmte den Kleinen mit einer Hand an der Wand hoch und bumste ihn hart gegen das Holz.

»Hau ihm doch eine«, zischelte der Schlacksige, »los, hau ihm eine.«

Der Rothaarige beutelte den Schmächtigen, dessen Kopf bereits kraftlos hin und her pendelte.

»Stop!« befahl der Elegante. »Also, Mr. Shingler?«

Der Kleine war nur noch ein wimmerndes Bündel. Wie aus einer offenen Schleuse sprudelten jetzt die Informationen aus dem kleinen Mann heraus. Als er kraftlos zusammensackte, warf der Rothaarige das hilflose Bündel in die Arme seiner Komplicen. Sie drehten ihm die Arme auf den Rücken und stießen ihn in das Boot hinein. Mit dünnen Stricken, die schon bereitlagen, fesselten sie ihn und schoben ihm ein Taschentuch zwischen die Zähne. Dann klebten sie einen breiten Streifen Heftpflaster über seinen Mund und legten ihn auf die gepolsterte Heckbank des Bootes.

Lautlos verließen die Gangster den Schuppen. Mit einem Dietrich verschloß der Rothaarige die Tür. »Vor morgen nachmittag wird ihn hier bestimmt niemand suchen – und finden«, grinste er.

»Und dann ist für uns alles gelaufen«, bestätigte der Elegante.

Die Gangster stiegen in ihren Wagen. Leise rollten sie durch das Dorf und verließen die Halbinsel von Willow's Point. Mit der Absicht, am nächsten Morgen wiederzukommen.

Mit einem eleganten Sprung flankte Phil über die niedrige Umfassungsmauer und landete zwischen dem Gerümpel, das den finsteren Hof bedeckte. Sanft federte er den Aufprall ab, nichts war zu hören.

Ich hockte bereits neben einer Mülltonne. In der rechten Faust hielt ich meinen Smith & Wesson, in der linken einen starken Handscheinwerfer, mit dessen Strahl ich Frank Capello aus der Dunkelheit reißen wollte, wenn es soweit war.

Phil huschte an meine Seite und wartete, genau wie ich. Ich sah auf das Leuchtzifferblatt meiner Armbanduhr. Es war siebzehn Minuten nach Mitternacht. Noch drei Minuten. In drei Minuten würde Detective Sergeant Maher vom 58. Revier an die Vordertür der Erdgeschoßwohnung des Hauses vor uns klopfen. Er würde laut und deutlich »Polizei« rufen, aber schön neben der Tür in Deckung bleiben. Wenn meine Rechnung aufging, würde Frank Capello wie ein angebrannter Affe aus dem hinteren Fenster auf den Hof springen. Sollte er jedoch versuchen, vorn durchzubrechen, nun, dann würde ihn Sergeant Maher mit seinen Männern dort erwarten. Wir hatten die Situation voll in der Hand.

Noch eine Minute. Ich beobachtete den Sekundenzeiger. In wenigen Sekunden würde die Jagd auf Frank Capello zu Ende sein. Unser Informant war zuverlässig. Ein ehemaliger Mithäftling von Frank Capello hatte ihn am Morgen erkannt, als Capello dieses Haus verließ. Seitdem überwachten Revierdetectives das Gebäude. Und vor einer Stunde meldeten sie, daß Capello wieder in seiner Wohnung war. Es konnte nichts schiefgehen.

Null Uhr zwanzig. Wir hielten den Atem an. Gespannt hockte ich da, den linken Daumen am Schalter des Scheinwerfers. Hinter dem rechten Fenster des schmalen Gebäudes flammte Licht auf. Ich atmete langsam aus. Ein dünner Vorhang verwehrte den Blick in den Raum dahinter. Ich hatte erwartet, Capello im Dunklen aus dem Fenster hechten zu hören. Ich hatte auch damit gerechnet, Schüsse zu hören. Aber nicht mit Licht hinter dem Fenster.

Irgend jemand zog den Vorhang zur Seite, ein Riegel klirrte. Im Rahmen erschien eine Gestalt in Regenmantel und Hut und spähte in den finsteren Hof.

»Hallo!« rief der Mann. »Mr. Cotton! Mr. Decker!« Es war Sergeant Mahers Stimme.

Phil und ich richteten uns auf. Ich schaltete die Lampe ein und leuchtete den Weg zum Haus aus. Maher lehnte im Fensterrahmen und blickte uns entgegen. »Was ist, Sergeant?« fragte ich.

»Wir haben eine Niete gezogen, Sir. Capello ist heute morgen ausgezogen. Der Gentleman hier ist harmlos.« Maher wandte sich ab und gab den Blick auf einen Mann im Schlafanzug frei, der blaß an einer Kommode lehnte. Er war groß und schlank und hatte schwarzes

Haar. Die Detectives mußten ihn für Capello gehalten haben, obwohl sie ein gutes Foto zur Verfügung hatten.

»Dieses Haus besteht aus zahllosen kleinen Apartments«, erklärte der Sergeant. »Sie werden alle von einer bekannten Zimmervermittlung vermietet und verwaltet. Die hat immer Interessenten an der Hand. Morgens zieht einer aus, mittags ist schon der neue Mieter da.«

Ich nickte meinem Freund resignierend zu. Dann bemerkte ich die Waffe in meiner Hand und steckte den Revolver schnell ein.

Die Jagd auf Frank Capello begann von neuem.

Die Morgensonne knallte auf das Dach des schwarzen Packard. Die drei Männer in dem Wagen schwitzten. Der Packard stand an der Gabelung der Straße, die von Willow's Point zur Fischfabrik hinaufführte. Nach links machte die schmale Asphaltstraße einen leichten Bogen und endete etwa zweihundert Yard weiter unten am Hafen. Eine hölzerne Mole aus massiven Stämmen führte weit ins Wasser hinaus. Auf der rechten Seite schaukelten abgedeckte Motorboote und schlanke Segelyachten auf der Innenseite der Wellenbrecherstege in den sanften Wellen. Die Poller auf der linken Seite des Anlegers waren frei. An ihnen würden am späten Abend die Kutter der Hummerfischer festmachen. Die drei Männer in dem Wagen waren Frank Capello, Dave Frazer und Paul »Dix« Hawthorn. Sie starrten zu dem Tor der Fischfabrik hinauf, schätzten die Entfernung zur Gabelung und zum Dorf. Der Weg zu dem kleinen Hafen interessierte sie weniger. Frank Capello umriß mit klaren, präzisen Worten seinen Plan. Die anderen hörten stumm zu. Sie hatten die Seitenfenster des Wagens geöffnet, aber kein Luftzug strich durch den Innenraum.

Dave Frazers mächtige Fäuste lagen auf dem Steuerrad. Der Mann hatte helle Augen, rötliche Haare und farblose Wimpern. Das flache Gesicht war von einem Gewirr feiner Falten überzogen, die aber nicht vom Lachen herrührten. Dave Frazer lachte nie. Wenn er einmal die Lippen verzog, kam höchstens ein verzerrtes Grinsen zustande. Eine Zigarette verglimmte zwischen den schmalen Lippen. Der blaue Rauch stieg kerzengerade auf, zerflatterte und trieb träge in Frazers linkes Auge. Frazer kniff das Auge zu. Aus dem anderen starrte er zu dem geschlossenen Tor der Fabrik hoch. Er trug ein dünnes rotes Polohemd, das einen knochigen Brustkorb umspannte. Frazer war zweiundvierzig Jahre alt und brachte einhundertsechzig Pfund Muskeln und Knochen auf die Waage.

Neben Frazer saß Frank Capello. Capello hatte ein schmales, fast schön zu nennendes Gesicht mit tiefliegenden dunklen Augen unter schmalen, pechschwarzen Brauen. Seine Gesichtshaut war hell und blaß, die Nase gerade, das Kinn kantig und tief eingekerbt. Er trug einen eleganten dunkelblauen Anzug; trotz der Hitze zog er das Jackett nicht aus. Die feinen Schweißperlen auf der Oberlippe und der Stirn schienen ihn nicht zu stören. Seine Augen wanderten langsam umher und nahmen die Umgebung auf. Ihnen entging keine Einzelheit, die für seinen Plan wichtig zu sein schien.

Frank Capello war fünfundvierzig Jahre alt. Siebzehn Jahre seines Lebens hatte er bei den Ledernacken verbracht, die letzten neun Jahre als Sergeant. Noch gegen Ende seiner Dienstzeit war er auf die Idee gekommen, für sein Alter vorzusorgen. Er begann, die Tresore der PX-Läden der Army zu plündern. Das ist gar nicht so schwer, denn alle Tresore stammen von derselben Lieferfirma, und wer den Dreh erst mal raushat, knackt die Dinger wie Konservendosen, ob sie nun in Tunis stehen oder auf Okinawa. Im Zeitalter der Düsenklipper geht das ziemlich rasch. Aber schließlich erwischte ihn die Militärpolizei doch. Nach sieben Jahren Leavenworth, dem Gefängnis der Streitkräfte, besaß Capello immer noch das respekteinflößende Auftreten des berufsmäßigen Schleifers. Aber das im positiven Sinne – seine Leute hatten ihm immer vertraut und waren gut dabei gefahren. Capello war der geborene Anführer. Er war hart, hart gegenüber anderen und sich selbst. Ob bei der Armee oder in der Unterwelt.

Der Mann auf der Rückbank war da ganz anders. Paul Hawthorn, genannt Dix, war ein langer Lümmel mit dümmlichem Gesichtsausdruck und fahrigen Bewegungen.

Dix Hawthorn war vierundzwanzig Jahre alt. Mit neunzehn war er bei der Armee desertiert, hatte auf der Flucht vor der Militärpolizei einige Raubüberfälle verübt und war dann ebenfalls in Leavenworth gelandet. Dort hatte er Frank Capello kennengelernt. Frank hatte einige freundliche Worte mit Dix gewechselt, und seitdem lief Dix dem älteren Sergeant nach wie ein kleiner Hund seinem Herrn.

Paul Dix Hawthorn trug eine blaue Leinenjacke, um eine große Colt-Pistole zu verdecken, die im Bund seiner Hose steckte. Immer wieder holte Dix das Schießeisen hervor, grinste verzückt und ließ die schwere Waffe um seinen rechten Zeigefinger kreisen. Genau wie die Westernhelden im Kino, denen er diese Bewegung abgesehen hatte. Immer wieder ließ er die Pistole kreisen, ließ den breiten Kolben auf die Handfläche schlagen und schloß die langen Finger um die braunen Griffschalen. Für eine Sekunde ruhte der Colt dann bewegungslos in der schlanken Hand, nur der Zeigefinger am Abzugsbügel zuckte etwas, und der Hammer hob sich leicht. Nur Capellos energischer und wachsamer Führung konnte Dix es verdanken, daß er noch frei herumlief. Und daß er noch niemanden umgebracht hatte.

Frank Capello schnippte eine Zigarette aus der Schachtel, die im Handschuhfach gelegen hatte, und hielt das glühende Ende des elektrischen Anzünders an das Stäbchen. Langsam atmete er den Rauch ein, hielt ihn genußvoll in der Lunge und blies dann einen dünnen blauen Strahl gegen die Windschutzscheibe.

Nichts rührte sich auf der Straße. Capello wußte, daß es gegen drei Uhr lebendig werden würde, wenn die Frühschicht zu Ende sein und die zweite Schicht die Arbeit aufnehmen würde. Aber bis dahin wollte er seinen Job erledigt haben. Der Transporter würde zwischen Viertel vor zwei und zwei eintreffen, wie an jedem Freitag. Wenn Shingler nicht gelogen hatte. Aber das würden sie bald wissen. In spätestens sechs Stunden.

Capello sog noch einmal an seiner Zigarette und warf sie dann aus dem Fenster. »Ab«, sagte er in das Schweigen hinein.

Dave Frazer drehte den Zündschlüssel. Die Maschine sprang sofort an, sie schnurrte leise und gleichmäßig. Als die Kupplung packte, zog der Motor kraftvoll an. Frazer verzog die Lippen zu einem zufriedenen Grinsen. In dieser alten Mühle würde niemand eine liebevoll gepflegte Hochleistungsmaschine vermuten. Autos waren Dave Frazers einzige Leidenschaft. Er konnte einen verkommenen Schlitten vom Schrottplatz holen und einen unschlagbaren Renner daraus machen. Und ihn auch fahren. Das wußte Frank Capello, und deshalb hatte er Frazer auch zu diesem Job mitgenommen. Denn nachher würde der Erfolg ihrer Aktion allein davon abhängen, wie schnell Frazer die US-Straße Nummer eins nach New Haven erreichen würde.

Frazer wendete und steuerte den großen Wagen nach Willow's Point hinunter. Mehrere schmale Fahrwege mündeten von rechts und links auf die Straße, die langsam breiter wurde. Auf einer Anhöhe öffnete sich plötzlich die Landschaft, die hohen Eichen wichen zurück und gaben den Blick auf den Sound frei. Auf dem glitzernden blauen Wasser zogen große Schiffe ihre Bahn, kleine Motorboote flitzten zwischen Frachtern hindurch. Drüben im Dunst, etwa dreißig Meilen entfernt, erkannte Capello den Leuchtturm von Horton Point auf Long Island und als grünliche, fast konturlose Masse die Küste der Halbinsel. Die Inseln auf der Nordseite des Long Island Sound, zwischen Willow's Point und der großen Fischerinsel, waren dagegen wesentlich deutlicher auszumachen.

Capello sog die Luft ein, schien ihren Geruch schmecken zu wollen und blickte prüfend zum Himmel empor, der ein strahlendes Blau zeigte. Frank Capello fühlte sich etwas unbehaglich. Aber einen Grund für dieses Gefühl hätte er nicht angeben können. Irgend etwas an der Luft, dem Schein der Sonne, am leichten Wind, an der Art der glitzernden Wellen gefiel dem alten Marinesoldaten nicht. Aber dann lächelte er. Er war schließlich nicht im Pazifik, wo sich innerhalb weniger Stunden gewaltige Taifune aufbauen und ihren zerstörerischen Weg über die Inseln antreten konnten. Nein, nein, dachte er. Nicht hier an der Atlantikküste. Wäre er in Florida gewesen oder in Alabama oder Mississippi, an der Golfküste, hätte er seinem Gefühl sofort nachgegeben und den Job ohne zu zögern abgeblasen. Nie hätte er seine Leute unnötigen Gefahren ausgesetzt. Nächste Woche gab es schließlich wieder einen Freitag.

In langen Windungen führte die Straße bergab. In einer Haltebucht stand ein blau-weißer Wagen mit einer dünnen Dachantenne. Dix Hawthorn ließ blitzschnell seinen Colt unter der Jacke verschwinden. Frazer sah starr geradeaus. Capello erspähte den Mann in dem hellen Anzug, der an dem Wagen lehnte und nachdenklich über den Sound blickte. Ein breitrandiger Hut überschattete ein faltiges Gesicht, aus dem eine klobige Nase wie ein Felsbrocken aus dem Sand hervorsprang. Als der Mann den näher kommenden Wagen hörte, drehte er sich langsam um, und Capello bemerkte den hell blinkenden Stern auf der breiten Brust.

»Das ist der Sheriff!« schrie Dix aufgebracht. »Der Sheriff!«

»Halt den Schnabel«, sagte Frazer ruhig.

»Der Sheriff! Er sieht uns! Soll ich ihn umlegen?«

»Schnauze!« zischte Capello nur. Er dachte an die offenstehenden Seitenfenster. Dann waren sie vorbei. »Behalt die Nerven, Kleiner«, fügte Capello gelassen hinzu. »Der wird uns nicht gefährlich.«

»Wie sollte er auch«, bemerkte Frazer. »Ein Dorfpolizist!« Er schnaufte verächtlich.

Sheriff Stanley Leroy war in Willow's Point alt geworden. Er kannte jeden Einwohner, jeden Mann aus der kleinen Fischersiedlung unten am Hafen, jeden der Strandhausvermieter und all die Familien aus den umliegenden Städten, denen eins der kleinen Sommerhäuser gehörte. Und alle kannten und schätzten ihn, den Sheriff, der über die kleine Gemeinde wachte. Die alljährlichen Einbrüche in die kleinen Häuser am Strand nahmen die Besitzer gelassen hin, sie waren schließlich versichert. Niemand, kein vernünftiger Mensch jedenfalls, konnte vom Sheriff verlangen, hinter jedem nichtsnutzigen Stranddieb herzusein wie hinter einem Schwerverbrecher. Dabei trauten die Leute von Willow's Point es ihrem Sheriff durchaus zu, auch mit übleren Halunken fertig zu werden. Der alte Mann hatte noch nie die Spur von Furcht gezeigt, wenn es galt, einen Streit in einer der Bars am Hafen zu schlichten, wenn die Fischer einen über den Durst getrunken hatten und harte Fäuste durch die Luft zischten.

Der Sheriff sah dem schwarzen Wagen nach, der gerade hinter einer Biegung verschwand. In Gedanken ging er die Sommerhäuser durch, die noch bewohnt waren, fand aber keins, in das die drei Männer aus dem Wagen gepaßt hätten. Der eine kam ihm irgendwie bekannt vor, der Schwarzhaarige. Leroy zuckte die Achseln. Vielleicht hatte jemand den Männern sein Haus vermietet, ohne daß er, der Sheriff, davon wußte. Er konnte schließlich nicht alles wissen. Aber ein beunruhigender Gedanke blieb.

Er warf noch einen sorgenvollen Blick über das fast zu ruhige Wasser und kletterte dann seufzend in seinen Streifenwagen. Der Chevrolet war schon alt, zu alt, dachte der Sheriff und drückte mit seinem breiten Zeigefinger den Schaumstoff durch eine geplatzte Naht in das Polster zurück. Er drehte den Zündschlüssel, lauschte dem Mahlen des Anlassers, wartete auf das erste Tuckern des Motors. Er seufzte wieder, löste die Handbremse und trat das Kupplungspedal durch. Langsam setzte sich der Wagen in Bewegung, die Reifen knirschten auf dem Schotter des Parkplatzes, rollten dann lautlos über den glatten Teer der Straße. Auf der abschüssigen Straße wurde der Chevrolet schneller. Der Sheriff legte den dritten Gang ein und nahm den Fuß von der Kupplung. Der lange Wagen ruckte etwas, Leroy hielt sich am Steuerrad fest und gab dann behutsam Gas. Befriedigt nickte der Sheriff und beschloß, den Wagen gleich am Montag zu Scott Johnson in die Werkstatt zu geben. Scott Johnson war der einzige auf der Halbinsel, der etwas von Autos verstand.

Der Sheriff fuhr langsam durch den kleinen Ort, nickte Bekannten zu und hielt unbewußt nach dem schwarzen Packard Ausschau. Viele Möglichkeiten gab es nicht. Der Wagen stand nicht vor dem Laden, der sich großspurig Kaufhaus nannte, nicht vor dem einzigen Café und auch nicht auf dem Parkplatz hinter der Fischerbar, was allerdings der ungewöhnlichste Aufenthalt um diese Zeit gewesen wäre. Denn in der Fischerbar spielte sich das Nachtleben von Willow's Point ab, wenn Saison war oder Wochenende. Leroy wußte genau, daß die Fischerbar erst am Abend öffnen würde, wenn die ersten Wochenendgäste eingetroffen waren.

Der Packard war nicht da. Sheriff Leroy stoppte vor einem flachen weißgetünchten Haus mit einer hohen Antenne auf dem Dach. Ein hölzernes Schild wies es als die Polizeistation von Willow's Point aus.

Der Sheriff kletterte aus dem Streifenwagen, nachdem er den Motor wohl oder übel abgestellt hatte. Hier unten konnte er den Chevrolet nicht so einfach anrollen lassen. Notfalls mußte Jeff anschieben. Der Sheriff grinste bei dem Gedanken, seinen Hilfssheriff schwitzen zu lassen.

Munter betrat er das Haus, stieß die Tür zum Office auf und warf einen schnellen Blick auf seinen Schreibtisch, auf dem sich Papiere stapelten. Nur unmittelbar vor dem lederbezogenen Stuhl war eine kleine freie Fläche. Zufrieden stellte Leroy fest, daß seit seinem Weggang keine Meldungen eingetroffen waren.

An einem kleinen Tisch an der Seite saß Jeff Quince, der Hilfssheriff. Quince war ein jüngerer, schlacksiger Mann mit braunem Haar und dünnem Hals. Er hatte die Ellenbogen auf den altersschwachen Tisch gestützt und kaute gedankenverloren an einem Bleistift herum. Das Funkgerät neben ihm summte leise.

»Ich fühle mich gar nicht wohl«, sagte Quince, ohne aufzusehen.

»Ich auch nicht«, knurrte der Sheriff gereizt. Er zerrte den Stuhl vor seinem Schreibtisch mit dem Fuß zurück und ließ sich hineinfallen. Schnaufend schob er den breitrandigen Hut in den Nacken und starrte zur Decke hoch, an der sich zwei dicke Fliegen jagten. Dann beugte er sich entschlossen vor und zog einen unordentlichen Stapel mit Steckbriefen zu sich herüber. Er betrachtete das Foto des Mannes, das auf dem obersten Steckbrief prangte, und verzog angewidert das Gesicht. Er gab sich einen Ruck und begann wie ein Bankkassierer sein Geld die Steckbriefe durchzublättern.

Er begann unten, um dem Schicksal ein Schnippchen zu schlagen, das mit dem Gesuchten stets am Schluß oder der unwahrscheinlichsten Stelle herauszurücken pflegt.

Es war ein hoher Haufen, in Jahren gewachsen und niemals aussortiert. Für einige Minuten hörte man nur das Rascheln von Papier, das Summen der Fliegen und das Brummen des Funkgerätes, aus dem doch nie eine Meldung kam, die den Sheriff von Willow's Point betraf.

Der Sheriff hatte den Stapel fast durchgeblättert. Obenauf lagen die neueren.

Plötzlich hielt Stan Leroy inne und betrachtete ungläubig das Gesicht des Mannes, das den zweiten Steckbrief von oben zierte. Das Foto zeigte ein schmales Gesicht mit gerader Nase, dunklen Augen und einer tiefen Kerbe am Kinn. Genau diesen Mann hatte er vor zwanzig Minuten gesehen.

Aufmerksam studierte Leroy den Text unter dem Bild. Frank Capello, 45, stand da, über die Einzelheiten der Personenbeschreibung las der Sheriff hinweg, wird dringend gesucht im Zusammenhang mit mehreren bewaffneten Raubüberfällen und Fällen von Körperverletzung. Vorsicht bei der Festnahme! Capello ist bewaffnet und macht von der Schußwaffe Gebrauch! Zu benachrichtigen ist FBI New York . . .

Der Sheriff schüttelte bedauernd den Kopf. Die G-men wollen doch alles allein machen. Er zog das Telefon zu sich heran und begann zu wählen. Na gut, sollen die Burschen den Mann aufstöbern. Er fühlte sich viel zu schlapp. Irgend etwas lag in der Luft . . .

John D. High, Chef des FBI New York, sah von einer Akte auf, als wir sein Office betraten. Phil und ich zogen uns Stühle heran und nahmen Platz.

Es war Freitag vormittag an einem warmen, sonnigen Tag Ende August. Nicht zu warm, die Klimaanlage schaffte es gerade noch, eine angenehme Temperatur im Districtgebäude zu halten. Man konnte sich wohl fühlen. Nur für das Wochenende sah ich schwarz, wenn der Chef uns zu sich zitierte. Mr. High lehnte sich zurück und sah uns nacheinander an. »Frank Capello ist Ihnen entwischt?« fragte er. Ohne eine Antwort abzuwarten, denn diese Tatsache war ihm bekannt, fuhr er fort: »Irgendwelche Spuren?«

»Keine«, berichtete ich. »Capello wohnte seit zwei Wochen in dem Apartment. Niemand hat ihn je mit anderen gesehen, er hatte offenbar keinen Wagen in der Nähe, nichts. Wir haben die umliegenden Geschäfte abgeklappert, die Parkhäuser, alles umsonst.«

Mr. High nickte bedächtig. »Aber wir müssen ihn haben. Capello läuft lange genug frei herum.«

Aus den Augenwinkeln sah ich, wie mein Freund resignierend die Augenbrauen hochzog. Auf unserem Dienstplan stand ein freies Wochenende . . .

Mr. High lächelte jetzt. »Was haben Sie sich fürs Wochenende vorgenommen?«

Konnte unser Chef Gedanken lesen? »Ausschlafen«, antwortete ich. »Nur schlafen, sonst nichts.«

»Ich habe eine Hütte am Oriental Beach gemietet«, sagte Phil. »Ein bißchen Schwimmen, zum Fischen rausfahren und so. Aber sonst nichts Besonderes.«

»Da weiß ich ein schöneres Plätzchen für Sie.« Mr. High lächelte immer noch. Ich sah meinen Chef mißtrauisch an. Er war zwar immer wie ein Vater zu uns, aber um unsere Freizeitgestaltung hatte er sich nie besonders gekümmert. »Ein schönes Wochenende auf Staatskosten am Long Island Sound!«

Das durfte doch nicht wahr sein! Der Haken mußte doch kommen. Und er kam prompt.

»Es gibt da ein stilles Nest, einige Meilen südwestlich New Londons. Willow's Point heißt es. Sehen Sie sich dort etwas um. So bis Sonntag oder Montag, von mir aus. Der Sheriff will einen Mann gesehen haben, den wir seit langem suchen.«

Doch nicht noch einen, dachte ich und hatte dabei Frank Capello im Sinn. Aber ich atmete trotzdem vorsichtig auf. Das hörte sich ja ganz gut an. Phil und ich hatten schwere Tage hinter uns. Im stillen dankte ich unserem Chef dafür, daß er uns zur Abwechselung einmal einen erholsamen Job verschaffen wollte. Der Vorgang war an sich ganz normal. Ein Sheriff rief den FBI um Hilfe an, und der FBI mußte jemanden schicken. Vor allen Dingen dann, wenn ein Verbrecher bereits vom FBI gesucht wurde.

»Und wie soll der Bösewicht heißen, der das Seebad Williw's Point unsicher macht?« fragte Phil. Eine gute Frage, dachte ich. In meiner Begeisterung hätte ich sie beinahe vergessen.

»Frank Capello«, antwortete Mr. High harmlos.

Ich hätte es ja wissen müssen, aber ich fuhr trotzdem leicht zusammen. Wie ein ahnungsloses Baby war ich meinem Chef in die Falle getappt. Erholsamer Job, dachte ich erbittert. Schönes Wochenende! Wenn Frank Capello in Willow's Point war, konnte es dort interessant werden, spannend und abwechslungsreich. Aber nicht erholsam.

Phil und ich waren dem Gangster zwar noch nicht

begegnet, wir kannten jedoch seine Akte sehr genau. Capellos Name tauchte seit Monaten fast monoton in den Fahndungslisten mehrerer FBI-Dienststellen auf. Der Gangster plante blitzschnelle Raubüberfälle auf Geldboten, kleine Bankfilialen und die wohlgefüllten Kassen von Supermärkten. Er verstand es meisterhaft, diese Überfälle bei kürzester Vorbereitung mit militärischer Präzision ablaufen zu lassen. Meistens arbeitete er mit einem Komplicen, manchmal auch mit zweien, nie mit mehr Leuten.

Mr. High reichte uns die Notiz herüber, auf der der Anruf des Sheriffs von Willow's Point festgehalten war. »Seien Sie vorsichtig«, mahnte er. »Capello ist rücksichtslos. Er schießt zwar nur, wenn es ihm notwendig erscheint – aber er schießt. Was wir ihm nachweisen können, reicht für zwanzig Jahre. Das sind viele Gründe, zur Waffe zu greifen.«

Mein Freund und ich standen auf.

»Fahren Sie gleich los. Und – schönes Wochenende!«

»Zynismus ist das«, schimpfte Phil leise. »Reiner Zynismus!«

»Was denn?« fragte ich, als wir auf dem Weg zu unserem Office waren.

»Das schöne Wochenende meine ich. Mist!«

Wider besseres Wissen stimmte ich meinem Freund nicht zu. Wir räumten rasch die Papiere auf unseren Schreibtischen zusammen.

»Denk an deine Pflicht!« rief ich meinem Freund munter zu. »Und beeil dich. Sonst überlegt unser Chef sich die Sache noch einmal. So eine Gelegenheit bekommen wir so schnell nicht wieder.«

»Recht hast du«, stimmte Phil zu, aber es klang nicht sehr überzeugt. »Laß uns verschwinden.«

Wie meldeten uns bei der Zentrale ab und liefen hinunter in den Hof. Wenig später lenkte ich den Jaguar auf die Dritte Avenue hinaus und steuerte nordwärts, Richtung Bronx. Wir fuhren ein Stück über den Bruckner Expressway und den New England Thruway, bis wir hinter New Rochelle die Interstate Nummer 95 erreichten. Die Nummer 95 ist eine schöne Straße, die auf Meilen der Küste des Long Island Sound folgt. Ich sah auf die Uhr am Armaturenbrett. Es war kurz nach zehn. Gegen zwölf würden wir in Willow's Point sein.

»Am Oriental Beach wäre es schöner gewesen«, maulte Phil plötzlich.

»Und langweiliger«, sagte ich. »Oriental Beach! Was ist denn da schon los!«

»Da habe ich eine Hütte für mich allein, und ich kenne einen freundlichen Fischer, der mir sein Boot leiht und sein Angelzeug. Und dann war doch noch etwas ... Ach ja, ich habe keine Badehose mit.«

»Ich kaufe dir eine«, sagte ich.

»Wie großzügig!« spottete Phil.

»Bin ich immer – wenn du mir eine kaufst!«

»Ich wußte es doch! Du bist ein Geizkragen, Jerry. Aber die Badehose setze ich auf die Spesenrechnung, verlaß dich drauf. Ich kann einen Gangster schließlich nicht unten ohne ins Wasser verfolgen!«

»Das wär' ein Fressen für die Presse«, grinste ich. »Ich sehe schon die Schlagzeilen. »G-MAN ERREGT ÖFFENTLICHES ÄRGERNIS! FRAUENVEREIN VERKLAGT ...«

»Hör schon auf«, sagte Phil klagend. »Ich bezahle meine Hose selber.«

»So ist es fein«, lobte ich. »Immer an den Steuerzahler denken.«

Der rote Jaguar schnurrte brav an der Küste Connecticuts entlang. Hinter New Haven gerieten wir in eine Stauung, und von da an ging es nur noch langsam voran. Die ersten Wochenendausflügler aus Hartford und Waterbury bestimmten das Tempo. Als wir die Nummer 95 verließen und in die schmale Asphaltstraße nach Willow's Point einbogen, war es schon ein Uhr durch. Mein Magen knurrte böse, und unsere Laune war lange nicht mehr so gut wie noch vor zwei Stunden.

Langsam fuhren wir in den Ort ein, der in mittäglicher Ruhe dahindämmerte. Kaum ein Mensch war auf den Straßen zu sehen. Es war fast windstill, und erst jetzt, bei der langsamen Fahrt, merkte ich, wie heiß es plötzlich war. Ich stoppte am Straßenrand, wir stiegen aus und reckten uns. Ein holperiger Weg führte zu einem schmalen Sandstrand hinunter, der nur wenige Yard breit war und dann von Felsen verdrängt wurde. Wir gingen schweigend den Weg entlang. Einige Strandkörbe standen verlassen da. Ich blickte nach links, zur Spitze der Halbinsel hin. Dort verbreiterte sich der Strand etwas, bunte Fahnen blähten sich träge an hohen Masten und fielen gleich wieder zusammen. Das eigentliche Strandleben schien sich also dort abzuspielen, stellte ich fest. Die See war kaum bewegt, leichter Dunst lag über dem Wasser. In der Ferne erkannte ich ein schnelles Motorboot, das eine hohe Bugwelle aufwarf. Jetzt hörte ich auch das Knattern des Motors und bemerkte einen Wasserskiläufer auf der weiten Fläche. Der Läufer beugte sich plötzlich vornüber, breitete die Arme aus, ließ das Schleppseil fahren und sank langsam ins Wasser. Das helle Knattern des Motors erstarb, das Boot zog eine elegante Schleife und hielt dann neben dem dunklen Kopf, der auf dem Wasser schwamm Die Stimmen zweier Männer drangen klar herüber. Es war ein friedliches Bild.

»Komm«, sagte ich zu meinem Freund. »Sheriff suchen, Hotel nehmen, Badehose kaufen, Wasserski fahren. Okay?«

»Wie ein kleines Kind«, lachte Phil, »alles nachmachen!«

Ich wollte gerade einen Jungen, der mit seinem Fahrrad vorüberfuhr, nach der Station des Sheriffs fragen, als ich das weiße Haus mit der Funkantenne auf dem Dach und dem Streifenwagen vor der Tür bemerkte. Es lag schräg gegenüber von dem Platz, an dem ich meinen Wagen abgestellt hatte. Wir ließen den Jaguar stehen und gingen hinüber.

»Da sind Sie ja«, brummte der Sheriff mißmutig, als wir die Tür zu seinem Office aufstießen. Er hielt eine klobige Pfeife zwischen den Zähnen und paffte mächtige Wolken in die Luft. Langsam stand er auf.

»Ich heiße Stan Leroy«, sagte er und reichte uns seine Hand. »Da sitzt sonst mein Hilfssheriff. Quince heißt der, falls Sie ihm mal begegnen sollten. Setzen Sie sich.« Er wies mit einer großzügigen Gebärde auf einen Stuhl vor dem Funkgerät und einen niedrigen Hocker, der verstaubt in einer Ecke stand. Ich schnappte mir den Hocker und blies eine Staubwolke von der Sitzfläche, bevor ich Platz nahm.

»Ich heiße Jerry Cotton, das ist mein Kollege Phil Decker. Also, Sheriff, wo steckt Frank Capello?«

Leroy zuckte die breiten Schultern. »Ich habe die Kerle nur im Vorbeifahren gesehen. Sie kamen die Straße von der Fabrik und den Strandhäusern herunter. Aber im Ort sind sie nicht. Ich habe mich umgesehen.«

»Kerle?« fragte Phil. »Heißt das, daß es mehrere waren?«

Der Sheriff nickte. »Drei. Aber nur der eine fiel mir auf.« Er schob den Steckbrief herüber. Das Blatt zeigte eine ältere Aufnahme von Capello, die aber immer noch zu stimmen schien. In den FBI-Akten befanden sich neuere Fotos, die Unterschiede fielen jedoch nicht ins Gewicht. Frank Capello hatte sich gut gehalten. Und das Gesicht war keine Dutzendphysiognomie.

»Ich habe nachgedacht«, nahm Leroy den Faden wieder auf. »Vielleicht haben die Brüder in der Nähe ein

Ding gedreht und sich hier eine Weile verborgen gehalten. Die meisten Sommerhäuser stehen während der Woche leer. Heute ist Freitag, da kommen viele aus Hartford und den anderen Städten. Deshalb sind die Gangster heute einfach weitergezogen.«

Diese Überlegung hatte etwas für sich. Aber besser gefiel sie mir auch nicht. Das bedeutete Rückfragen. Und es bedeutete ferner, daß wir hier in Willow's Point an der falschen Stelle bohrten. Phil sah mich stumm an. Er hatte es auch schon begriffen.

»Gehen wir essen«, sagte er mit gequältem Gesichtsausdruck.

Mac Farlane beugte sich über den Bildfunkempfänger und lauschte dem leichten Summen aus dem Inneren des Gerätes. Gleichzeitig beobachtete er gespannt den rach hin und her wandernden Punkt auf dem Kontrollbildschirm, der anzeigte, wie das Bild aufgebaut wurde.

Mac Farlane war einer der Meteorologen in der Wetterstation von Salem, Massachusetts. Er hatte die Formationen, die das Satellitenfoto eine Stunde vorher gezeigt hatte, noch genau im Kopf. Und weil die Luftdruckverhältnisse dem erfahrenen Meteorologen Sorgen bereiteten, wartete er jetzt ungeduldig auf das neue Bild, das gerade von dem ESSA-Wettersatelliten abgerufen hatte. Ein Vergleich zwischen den Koordinaten der beiden Fotos würde eine exakte Berechnung des Weges erlauben, den Agatha nehmen würde. Agatha war der Name des Hurrikans, der sich seit einigen Stunden draußen über dem Atlantik aufbaute.

Das Summen verstummte, der helle Punkt auf der Bildröhre erlosch. Aus einem Schlitz glitt das Satellitenfoto aus dem Bildfunkgerät. Mac Farlane spannte es in den Rahmen des Auswerters und klappte das Meßgitter darüber. Scharf und klar zeichneten sich die Konturen der Küste auf dem Bild ab – keine Wolke trübte hier den Himmel. Aber über der See sah es anders aus.

Dort stand hellweiß das Zentrum eines ausgedehnten Hurrikans über der dunklen Fläche des Wassers. Die zerfetzten Streifen an den Rändern sahen wie Zukkerwatte aus, die um ihren Mittelpunkt herumwirbelt. Diese Streifen deuteten die Ausläufer an, deren nördliche bald die Küste der Neuenglandstaaten erreichen würden.

Auch ohne die Koordinaten der früheren Fotos zu Rate zu ziehen, stellte Mac Farlanes geübter Blick sofort fest, daß der Hurrikan seine Richtung geändert hatte und jetzt von Südosten her genau auf die Küste Neuenglands zutrieb.

Wenn kein Wunder geschah, würde Agatha die Küsten von Massachusetts, Rhode Island und Connecticut mit voller Wucht treffen.

Das war einigermaßen sensationell. Die Wettersatelliten fotografierten in jedem Jahr Hurrikane so weit im Norden über dem Atlantik. Aber nur äußerst selten waren gleichzeitig so unterschiedliche Luftdrücke über Land und See zu verzeichnen, daß ein Hurrikan seine Richtung wechselte und auf das Land zugetrieben wurde.

Rasch tippte der Meteorologe die Koordinaten des Hurrikans in die Tastatur, die die Daten in derselben Sekunde einem Zentralcomputer übermittelte, in dem noch andere Nachrichten zusammenliefen – Angaben über Meeresströmungen und Temperaturen, Luftdruck und Turbulenzen der Atmosphäre. Die Station von Salem, Massachusetts, war nur ein kleines Glied in einer langen Kette von Wetter- und Warnstationen, die die ganzen Staaten und die ganze Welt umspannen. Mac Farlane wußte, daß innerhalb weniger Minuten vielgeübte Routinemaßnahmen an der Ostküste ablaufen und zahlreiche Organisationen in Alarmzustand versetzt werden würden.

Fernschreiben und Funksprüche würden die Küstenbadeorte und Fischereihäfen, Flugplätze und die Küstenwache, Straßenmeistereien und Katastrophendienste, Polizei und Radiostationen entlang der Ostküste warnen. Ein Hurrikan namens Agatha war im Anzug. Der erste Hurrikan in diesem Jahr so weit im Norden.

Schon die erste Sturmwarnung der Küstenwache erreichte auch die RED SUSAN, die gerade den Nantucket Sound verließ und auf südwestlichem Kurs in den Long Island Sound einlief.

Die RED SUSAN war eine hochseetüchtige 60-Tonnen-Yacht mit zwei 320 HP Rolls-Royce-Motoren im Maschinenraum, mit Radar- und Wasseraufbereitungsanlage, vollklimatisierten Luxuskabinen für den Eigner und seine Gäste. Die RED SUSAN war ein Schiff mit allen Schikanen.

Die Luxuskabinen waren bei dieser Fahrt keineswegs alle belegt, aber immerhin befanden sich außer dem Kapitän, drei weiteren Besatzungsmitgliedern und dem Eigner noch sechs Girls an Bord. Sechs gutgebaute Girls, Weibchen, Mädchen, Puppen oder wie immer man sie nennen wollte. Sechs lebenshungrige Girls, die sich für Mannequins hielten, ja sogar für Schauspielerinnen, obwohl kaum eins von ihnen jemals ein Studio von innen gesehen hatte. Aber gerade das hatte der Besitzer der Yacht den Mädchen versprochen – Rollen in verschiedenen Fernsehproduktionen. Und weil McGaw, so hieß der Eigner der Yacht, tatsächlich seine Finger, oder besser gesagt einige seiner Finger, im Fernsehgeschäft hatte, gab es für die Girls keine Zweifel an der Lauterkeit von McGaws Absichten.

Die RED SUSAN kam von einer 4-Tage-Kreuzfahrt zurück, die das Schiff in den Gewässern um Cape Cod verbracht hatte. Während der Reise hatte McGaw die Talente der Girls testen wollen. Und er hatte sie getestet ... Am Abend dieses Tages wurde McGaw in New York erwartet. Geschäfte von der Art, wie sie McGaw betrieb, liefen nicht von allein.

McGaw, in hellgrauer Hose mit scharfer Bügelfalte, blauem Blazer mit dem Klubwappen des exklusivsten Yachtclubs von New York auf der breiten Brust, lehnte am Kartentisch im Steuersalon und spähte gelassen wie ein alter Seebär über das Vorschiff.

Mark Kelly, der Kapitän, war ein Mann in den Fünfzigern mit zerfurchtem Gesicht, borstigem blondem Haar und knappen Bewegungen. Er blickte forschend zum Himmel empor, den kein Wölkchen trübte, und betrachtete dann aus zusammengekniffenen Augen das Wasser, das in langen Wogen unter dem Kiel wegrollte. Er wandte sich an den Steuermann.

»Wir drehen ab«, sagte er ruhig. »Kurs Nordnordost.«

»Nordnordost«, wiederholte der Steuermann.

McGaw blickte nach draußen, nach steuerbord, wo im langsam zunehmenden Dunst die Küstenlinie auszumachen war. Dann sah er den Kapitän an.

»Ich verstehe zwar nichts davon, Mr. Kelly«, sagte er. »Aber wenn mich nicht alles täuscht, würden wir bei diesem Kurs die Küste anlaufen.«

»Stimmt, Mr. McGaw. Wir laufen den Hafen von Newport an.«

»Warum?« McGaw zog die dünnen Augenbrauen zusammen.

»Wie Sie wissen, haben wir eben eine Hurrikanwarnung aufgenommen. Darin wurde allen Schiffen unter einhundert Tonnen empfohlen, den nächsten Hafen anzulaufen. Die Empfehlung war dringend.«

Die schäumende Bugwelle fiel zusammen, als die RED SUSAN den Kurs wechselte. Das Schiff beschrieb einen weiten Bogen und glitt dann weich auf dem neuen Kurs dahin.

Die Insel Martha's Vineyard verschwand achteraus aus dem Geichtskreis.

»Ich muß heute abend in New York sein. Also fahren wir nach New York, Mr. Kelly.« McGaws Stimme klang eine Spur schärfer und bestimmter als vorher. Jeder, der ihn kannte und von ihm abhängig war, hätte jetzt bedingungslos jede Anweisung McGaws befolgt.

»Das ist zwar Ihr Dampfer, Mr. McGaw. Und Sie können damit machen, was ihnen beliebt. Aber ich bin vor mir und dem Gesetz für die Besatzung und die Passagiere verantwortlich: Ich allein. Diese Verantwortung kann mir niemand abnehmen.«

»Wie Sie soeben richtig bemerkten, ist das mein Schiff. Und ich sage, wir fahren nach New York.«

»Wenn Sie anordnen, ich soll in die Antarktis fahren, dann bringe ich den Kahn in die Antarktis – aber nicht bei einem Hurrikan.« Kapitän Kellys Blick hing starr auf den Kreiselkompaß.

»Hurrikan!« schnaufte McGaw verächtlich. »Wenn Sie Angst vor einem bißchen Wind haben, können Sie abmustern. Abgetakelte Kapitäne wie Sie finde ich in jeder Hafenkneipe in Brooklyn. Wenn ich nicht in zwei Stunden in New York bin, sind Sie entlassen. Ist das klar?«

Mitleidlos beobachtete McGaw die gedrungene Gestalt des Kapitäns. Er sah, wie dessen Nacken rot anlief. Und er bemerkte auch sehr genau, daß Kelly die Fäuste ballte, bis die Knöchel weiß hervortraten.

McGaw kannte die Schwächen seiner Leute sehr genau. Er wußte, daß Kelly ein hervorragender Kapitän war, der sein halbes Leben in den Küstengewässern des amerikanischen Kontinents verbracht hatte. Aber er wußte auch, daß Kelly in seinem Alter so schnell kein neues Schiff bekommen würde.

Kelly wandte sich nicht um. »Wir gehen auf alten Kurs«, sagte er. »Südwest.«

»Südwest«, wiederholte der Steuermann gleichgültig.

»Wir fahren in Sichtweite der Küste, solange es geht. Wenn das Wetter hält, überqueren wir den Sound weiter westlich.« Kellys Stimme klang gepreßt.

McGaw nickte zufrieden. »Na also«, sagte er herablassend und verließ den Steuersalon. Gemessen schritt er an der Reling entlang zum Sonnendeck hinüber. Auf dem Achterdeck lagen die Girls in Liegestühlen. Blinzelnd sahen sie McGaw entgegen. Wohlwollend musterte der Mann die Mädchen in den knappen Bikinis. Dann ließ er sich langsam neben einer schwarzhaarigen Schönheit nieder und legte seine Hand wie zufällig auf einen braungebrannten Schenkel. Das Girl lächelte und träumte mit offenen Augen von einer Karriere als Fernsehstar.

Phil, der Sheriff und ich saßen beim Essen. Mein Freund und ich hatten ohne viel Appetit irgend etwas heruntergewürgt, das wie Steaks schmeckte. Wahrscheinlich waren es auch welche gewesen, ich hatte einfach nicht darauf geachtet. Das Wetter war schön, aber es lag etwas in der Luft, das die Stimmung drückte. Auch Stan Leroy, der Sheriff, schien es zu spüren. Er stocherte verdrossen auf seinem Teller herum und schob den Fisch und die Chips hin und her, die er sich bestellt hatte.

Wir waren die einzigen Gäste in dem kleinen Restaurant, das hoch oben, fast an der Spitze der schlanken Halbinsel lag. Als massives Steinhaus stand es geduckt auf einem Felsen. Die Kiefern und Birken hier oben sahen zerzaust und verbogen von dem dauernden Wind aus, der von der See her fast das ganze Jahr lang an ihnen zerrte.

Wir saßen in der östlichen Ecke und konnten aus zwei Fenstern die Aussicht genießen. Der Blick über das glasklare Wasser des Long Island Sound war herrlich. Eben noch war die Silhouette von Long Island gut zu erkennen gewesen, jetzt verschwamm sie unmerklich vor unseren Augen und war plötzlich nicht mehr zu sehen. Auch das gegenüberliegende Festland von Connecticut, kaum eine halbe Meile entfernt, war nur noch schattenhaft auszumachen.

Einen Augenblick lang fesselte mich das Bild einer majestätisch dahingleitenden schneeweißen Segelyacht unter voller Leinwand. Das Schiff rauschte an den roten Bojen entlang, die die Fahrrinne zum Anleger in der geschützten Bucht markierten. Die Bucht wurde von dem Winkel der Halbinsel zum Festland gebildet. Unter uns, etwas nach rechts zur offenen See hin, befand sich der Wellenbrecher aus mächtigen Eichenstämmen, der die Landspitze vor dem Anprall der Wogen schützte, wenn im Herbst und Winter die Wellen vom Atlantik her gegen das Land rollten.

Der Sheriff sah unruhig nach draußen. »Die Flut kommt früh«, meinte er dann nachdenklich. »Gefällt mir gar nicht. Ein Sturm um diese Jahreszeit . . .« Er seufzte schwer.

Ein stärker werdender Ostwind drückte gegen die Scheiben, die Wipfel der Eichen schaukelten gemächlich und ließen die Kraft ahnen, die jetzt schon hinter dem Wind stand. Über der See türmten sich schwere, schwarze Wolken auf, die Ränder zeichneten sich gelb gegen die blaugrauen Wolkenmassen ab. Das Wasser wurde dunkel, stählern schimmernd, die Luft grau von Wasserschleiern. Wellen bildeten sich urplötzlich, stiegen hoch. Der Wind pfiff stärker.

»Das Geld für die Badehosen haben wir gespart«, bemerkte ich.

Phil nickte mißmutig. »In Oriental Beach sieht es garantiert besser aus.« Da mochte er recht haben. Oriental Beach liegt an der Südseite von Brooklyn, auf Coney Island.

»Was soll's«, tröstete ich meinen Freund. »Es hätte immerhin schön werden können.« Ich zündete mir eine Zigarette an und beendete damit meine Mahlzeit. Auch die anderen hatten keinen Appetit mehr. Unsere Teller waren noch halb voll.

Sheriff Leroy bestellte drei Bourbon beim Wirt. »Wer weiß, was uns heute noch blüht«, meinte er wie zur Entschuldigung. »Das sieht übel aus.«

Genießerisch schnüffelte er an seinem Glas, nahm einen vorsichtigen Schluck und schloß die faltigen Lider. Dann drang das Heulen einer Sirene herüber, laut und nah. Das Singen füllte den Raum, legte sich betäubend auf die Ohren. Der schrille Ton hielt an. Unwillkürlich sah ich auf die Uhr. Es war neun Minuten vor zwei.

»Was ist?« fragte ich den Sheriff. »Sturmwarnung?«

Stan Leroy schüttelte den Kopf und kniff nachdenklich die Lider zusammen. Dann wurde er blaß. »Mein Gott«, flüsterte er, »der Geldtransporter!«

Die Schüsse verhallten. Der gepanzerte Wagen stand auf vier platten Reifen da und wirkte herrenlos – wie Schrott. Entsetzte Gesichter erschienen in den Bürofenstern, zuckten aber gleich wieder zurück, als Frazer das Schnellfeuergewehr hochriß.

Frank Capello schlug dem einen Mann in der grauen Uniform den Kolben seiner Pistole über den Schädel. Ohne einen Laut brach der Wächter der Transportgesellschaft zusammen. Dix Hawthorn grinste selig. Er hatte die Mündung seiner Colt-Pistole einem anderen Mann in den Nacken gedrückt. Starr stand der Mann vor dem Führerhaus, die Arme hielt er gespreizt.

»Weg da!« zischte Frazer und packte den Uniformierten an der Krawatte. Roh riß er den Mann zu sich heran und stieß ihn dann mit voller Wucht gegen die Panzerplatten des Geldtransporters. »Mach auf!«

Frank Capello beobachtete die Fenster. Sie blieben zu, ebenso die kleine Tür, vor der der Wagen stand. Neben der Tür lehnte mit blassem Gesicht der Pförtner, der das Tor geöffnet hatte.

Der Fahrer des Transporters blieb stumm. Ausdruckslos erwiderte er Frazers kalten Blick. Frazer hob das kurzläufige Schnellfeuergewehr und preßte die große Mündung unter den Hals des Wehrlosen. Mit aller Kraft drückte er die Waffe hoch.

Der Mann hob sich auf die Zehenspitzen, reckte den Hals, ächzte leise.

»Mach schon!« rief Capello. Er lief an die Rückseite des Panzerfahrzeugs und rüttelte am Türriegel. Er wußte, daß es sinnlos war. Wütend wartete er. Der Fischgeruch, der über den Hof wehte, ekelte ihn an.

Frazer ließ plötzlich das Gewehr sinken, packte es am Lauf und wirbelte herum. Der hölzerne Kolben knallte in die Seite des Mannes, der sich stöhnend zusammenkrümmte. Frazer faßte das Gewehr mit der anderen Hand am Lauf an und riß es hoch. Krachend schlug es unter die Kinnlade des Wächters. Halb bewußtlos sackte er zusammen.

»Aufmachen!« schrie Frazer.

»Mach schon!« keifte Dix.

Capello bückte sich, faßte den Mann an der Jacke und schleifte ihn um den Wagen herum. An der Rückfront zerrte Capello den Mann hoch. »Mach jetzt auf«, sagte er kalt, »oder ich knalle dich ab. Eins, zwei . . .«

Plötzlich heulte über ihnen die Sirene der Fischfabrik los. Das schrille Geräusch legte sich betäubend über die Männer im Hof.

Dix Hawthorn riß den Mund auf, aber was er schrie, war nicht zu hören. Das runde Oval seines Mundes klaffte scheinbar sinnlos, er hüpfte erregt von einem Bein aufs andere und fuchtelte wild mit seiner Pistole. Capello beachtete ihn nicht.

Frank Capello schüttelte den Wächter. Dessen Kopf pendelte kraftlos hin und her. Aus einer großen Wunde an der Stirn sickerte Blut. Die Hand nestelte an der Uniformjacke, zog einen kleinen Schlüssel, der an einer Stahlkette befestigt war, hervor und suchte mit unsicheren Bewegungen das Schlüsselloch.

Capello riß den Schlüssel an sich und ließ den Fahrer los. Der Mann sackte sofort wieder zusammen, der Schlüssel an der Kette entglitt Capellos Fingern. Fluchend zerrte der Gangster den halb Bewußtlosen wieder hoch. Das schrille Heulen begann an seinen Nerven zu zerren. Sie hatten nicht mehr viel Zeit.

Capello steckte den Schlüssel ins Schloß und drehte ihn herum. Die Tür ließ sich öffnen. Der Fahrer hatte die Innenverriegelung offenbar schon geöffnet, als der Transporter in den Hof einfuhr. Capello griff den ersten Sack, warf ihn Dix Hawthorn zu und angelte dann nach den anderen. Es waren insgesamt sechs kleine Leinensäcke.

Mit den Säcken unter den Armen rannten die Männer auf das immer noch offenstehende Tor zu, erreichten den schwarzen Packard, rissen die Türen auf, warfen sich hinein.

Dave Frazer startete. Er rammte den ersten Gang rein und trat das Gaspedal durch. Der Wagen schien sich aufbäumen zu wollen, die Räder packten, der große Wagen schoß davon, auf die Gabelung zu.

Der Packard schlingerte in die Kurve, fing sich, raste geradeaus. Die Bäume am Straßenrand wichen zurück, die Männer im Wagen sahen die See, grau und bewegt. Unvermittelt packte eine heftige Bö von der See her den Wagen. Frazer steuerte gegen, etwas zu heftig, das rechte Vorderrad geriet an den Straßenrand, kam von der glatten Straße ab. In dem Moment brach ein trockener Ast, der dem ersten Ansturm des Windes nicht standhalten konnte, und stürzte auf die Kühlerhaube. Erschreckt riß Frazer das Steuer nach links, das rechte Rad scheuerte kreischend dort, wo der Belag der Straßendecke in weichen Waldboden überging. Der Ast rutschte herunter, fiel genau vor das Vorderrad. Das Steuer wurde aus Frazers mächtigen Pranken gerissen, der Packard schleuderte in einem wilden Schlenker herum, die lange Schnauze senkte sich nach rechts ab, die Räder wühlten sich in den weichen Boden. Der Wagen stand. Und immer noch verfolgte die Männer das Heulen der Sirene.

»Scheiße!« schrie Frazer.

»Scheiße!« echote Dix.

Capello preßte die Lippen zusammen. Er stieß die Tür auf und sprang aus dem Wagen. Ihm war klar, daß der Weg durch den Ort schon versperrt war. Heute morgen hatte er etwas weiter vorn einen schmalen Weg gesehen, der zum Anleger hinunterführte. Entschlossen raffte er drei der Geldsäcke an sich und stürmte los.

»Kommt schon!« schrie er den anderen zu. »Wir kapern ein Boot!«

Die anderen beiden schnappten die drei letzten Säcke und rannten hinter Capello her. Sie mußten sich schon fast gegen den Sturm anstemmen.

Rechts öffnete sich der Weg. Capello sah einen schmalen Wasserstreifen vor sich. Das war die kleine Bucht, die zwischen der Halbinsel und dem Festland lag. Heute morgen hatte er das andere Ufer noch erkennen können, jetzt lag es hinter grauen Dunstschleiern verborgen, die Wellen gingen hoch.

Capello blieb unschlüssig stehen. Dix und Frazer prallten gegen ihn. Capello biß die Zähne zusammen und lief den Weg hinab.

»He!« rief Frazer ihm nach.

»Was ist?« schrie Capello zurück und blieb stehen. »Beeilt euch!«

»Ich gehe nicht aufs Wasser!« brüllte Frazer.

»Dann laß es. Ich versuche es!« Als altem Marinesoldaten war Capello die rauhe See immer noch sympathischer als das Land. Sie hatten an der Fabrik mehr Zeit verschwendet, als er vorgesehen hatte. Er hatte keine Lust, im Dorf in eine Falle zu laufen.

»Die haben jetzt gar keine Zeit, nach uns zu suchen. Wir schleichen ins Dorf hinunter und schnappen da einen Wagen.« Entschlossen drehte Frazer sich um. Dix Hawthorn sah seinem Komplicen nach, zögerte eine Sekunde lang und lief dann hinter Frank Capello her.

»He, Frank! Frank! Verlaß mich nicht! Warte doch!«

Capello rannte den Weg hinunter, stolperte einmal, raffte sich wieder auf. Dann kämpfte er sich durch den hohen Sand, seine Füße versanken, er wurde langsamer. Atemlos hetzte Dix hinter ihm her.

Der Anleger tauchte aus dem Dunst auf. Die kleinen Hütten der Fischer waren verschlossen, die aufgespannten Netze und Hummerreusen zerrten an den Pflöcken. Ein leerer Kanister polterte über den Strand, vom Sturm getrieben.

Capello warf die Säcke in den Sand. Salzwasser sprühte in seine Augen. Große und kleine Boote, Segel- und Motoryachten, zerrten an ihren Leinen. Capellos Augen blieben auf einem kleinen Kajütboot mit schnittigem Rumpf hängen. Er verfolgte die Leine, mit der es festgemacht war. Die Spring klatschte aufs Wasser. Capello löste das Tau vom Poller und zog.

Bald keuchte er vor Anstrengung. Nur langsam kam die kleine Yacht näher. Sie schaukelte wild, die Wellen schäumten über den Bug und die Heckpersenning. Capello wickelte das Tau wieder um den Poller. Näher wollte er das Boot nicht ziehen. Die nächste Welle hätte es auf den Grund knallen können. Er sprang ins Wasser und löste die Persenning aus den Haken Achtlos ließ er das feste Gewebe los. Der Wind packte das Segeltuch, knatternd flog es davon. Capello stemmte sich gegen das wild schlingernde Boot. Nur unter Aufbietung aller Kräfte konnte er es einigermaßen ruhig halten. Das Wasser reichte ihm an dieser Stelle bis zum Bauch. Mühsam versuchte er, die Yacht noch näher ans Ufer zu bringen, der Tiefgang reichte seiner Ansicht nach aus. Seinen Komplicen beachtete er nicht. Dix war für ihn keine Hilfe. Dix hüpfte auf dem Sand auf und ab, unaufhörlich bewegte sich sein Mund, er schien dauernd irgend etwas zu rufen.

Capello angelte wieder nach der Leine und sprang aus dem Wasser. »Schmeiß die Säcke rein!« schrie er Dix zu.

Dix bückte sich hastig und raffte die Leinensäcke auf. Vorsichtig stakte er ins Wasser und warf sie in den offenen Heckraum. Zufrieden stellte Capello fest, daß es vier waren.

»Steig ein!« brüllte Capello dann und begleitete die Aufforderung mit wilden Gesten. Unbeholfen zog sich Dix über den Freibord und plumpste ins Boot. Capello löste die Leine und lief wieder ins Wasser. Geschickt schwang er sich an Bord. Als er sich aufrichtete, traf ihn eine Bö mit voller Wucht. Er hielt sich am Handlauf des Kajütdaches fest und turnte vorsichtig zur Back hinüber.

Capello hatte ein Trojan Sea Skiff erwischt, einen hochseetüchtigen Motorkreuzer mit weit ausfallendem Vorschiff. Capello kannte das kleine Schiff von Florida her, wo er einmal für einige Zeit untergeschlüpft war.

Das Sea Skiff war fünfundzwanzig Fuß lang. Als

Rundspanter war es bei unruhiger See unschlagbar. Ein Rundspanter geht bei starkem Wellengang leichter und ist gegen Kreuzseen weitgehend unempfindlich. Capello war zufrieden. Mit diesem Kreuzer würde er bis Florida schippern, wenn es sein mußte.

Capello sprang in den Ruderstand. Seine Augen huschten über die Instrumententafel. Der Startschlüssel fehlte. Capello ließ sich auf die Knie nieder und zerrte mit beiden Händen an der Kunststoffverkleidung. Eine Planke löste sich krachend. Capello tastete mit der rechten Hand in den Hohlraum hinter den Armaturen herum.

Mit kräftigem Ruck riß er zwei Kabel aus ihren Anschlüssen und zerrte die Enden aus dem Loch heraus. Die losgerissenen Enden blinkten matt. Capello tippte die Drähte aneinander. Funken blitzten, der Boden unter ihm vibrierte, als er den Starterhebel nach links drückte. Er ließ den Hebel wieder los, verband die blanken Enden der beiden Drähte miteinander und startete dann von neuem.

Die schwere 195-HP-Maschine begann kraftvoll zu dröhnen. Aufatmend ließ sich Capello in den erhöht stehenden gepolsterten Kommandostuhl fallen.

»Luken dicht!« rief er Dix zu.

Dix schloß die Tür zum Heck. Das Tosen der See wurde zu einem gleichmäßigen Brausen. Capello ergriff das Steuerruder und gab Gas. Der schnittige Bug hob sich aus dem Wasser. Das Sea Skiff schlingerte in die Wellen hinaus.

Der Sheriff schien zusammenzufallen. »Mein Gott«, stöhnte er noch einmal, »der Geldtransporter!«

Ich sprang auf. »Was für ein Geldtransporter? Reden Sie schon!«

»Der aus Hartford, für die Fischfabrik. Löhne für die

Arbeiter und Bargeld für die Versteigerungen. Mindestens zweihunderttausend Dollar.«

Zweihunderttausend Dollar und Frank Capello. Der Fall war klar. Die Leute hier auf der abgeschiedenen Halbinsel waren so eingelullt in ihr Sicherheitsgefühl, daß niemandem mehr bewußt war, daß wahrscheinlich jede Woche ein Geldtransporter hier durchkam. Der Wagen mußte für die Leute hier etwa so auffällig sein wie woanders die Karre des Milchmannes.

Phil und ich stürmten los. Der Sheriff kam hinterher. Der Sturm riß mir fast die Tür aus der Hand. Wir liefen auf unseren Jaguar zu, der Sheriff steuerte seinen Streifenwagen an. Ich startete und wendete. Sheriff Leroy hockte in seinem alten Chevrolet, beugte sich vor, die Lippen bewegten sich. Das Heulen der Sirene vermischte sich mit dem Pfeifen des Sturms zu einem ekligen Jaulen.

Ungeduldig wartete ich auf den Streifenwagen. »Der kriegt seine Mühle nicht an«, vermutete Phil.

Ich riß die Tür auf und lief auf den Wagen des Sheriffs zu. Leroy kurbelte die Scheibe herunter und zuckte bedauernd die Achseln.

»Tut's nicht«, meinte er hilflos. »Wollte ihn sowieso am Montag zum Überholen weggeben . . .«

»Kommen Sie mit uns«, sagte ich und spurtete zurück. Phil kletterte bereits auf den Notsitz und faltete sich zusammen. Der Sheriff zwängte sich ächzend neben mich und schlug die Tür zu.

»Da runter«, sagte er.

Ich fuhr unter hohen Bäumen her. Hier war es zwar windstiller, aber die Wipfel wiegten sich heftig hin und her. Hoffentlich knallt kein Ast auf meinen schönen Renner, dachte ich.

Zur Fischfabrik war es nicht weit. Der Hof stand voller Menschen, Büroangestellte und Männer und Frauen in weißen Arbeitsanzügen mit weißen Mützen und blutigen Schürzen. Ein Mann beugte sich über einen anderen, der regungslos am Boden lag.

»Platz!« brüllte der Sheriff und übertönte mühelos das Heulen der Sirene. »Und kann einer mal das verdammte Ding abstellen?«

Irgend jemand flitzte los. Ich sah auf den Mann am Boden nieder. Er trug eine graue Uniform mit einem schwarzen Gürtel, an dem eine Pistolentasche hing. Die Tasche war zu. Der Kopf des Mannes lag auf dem Pflaster, aus den hellen Haaren sickerte Blut.

Das Gellen der Sirene erstarb. Für einige Sekunden war ich wie taub. Erst dann drang das Rauschen des Sturms in mein Bewußtsein. Der Mann, der sich über den Verletzten gebeugt hatte, richtete sich auf.

»Das ist Joe Benson«, sagte der Sheriff. »Joe ist der Sanitäter hier.«

Benson nickte. »Der Mann da muß sofort weg. Ich vermute einen Schädelbruch. Ich hole unseren Krankenwagen.« Die Umstehenden wichen zurück.

Ich bemerkte noch einen Mann, der mit blassem Gesicht und einer Platzwunde auf der Stirn an dem Geldtransporter lehnte. Die Jungens haben ihr Bestes getan, dachte ich. Gegen Capello hatten sie keine Chance.

Ich nahm den Sheriff zur Seite. »Was macht ihr Hilfssheriff?«

»Quince? Der wird wohl munter geworden sein. Aber ich schätze, er hilft den Leuten, ihre Häuser zu vernageln.«

»Greifen Sie sich ein Telefon«, sagte ich energisch. »Er soll die Straße sperren.«

»Okay.« Stan Leroy stapfte davon. Seine Haltung ließ darauf schließen, daß er meiner Maßnahme nicht viele Erfolgschancen einräumte.

Aber ich wollte nichts versäumen. Schließlich waren die Gangster vom Sturm ebenso überrascht worden wie wir auch. Vielleicht war ihnen schon etwas zugestoßen ...

Jemand rannte über den Hof. »Wo ist der Sheriff?« rief er.

Ich hielt den Mann an. »FBI«, sagte ich und klappte meine ID-Card auf.

Ehrfürchtig starrte der Mann mein Foto und das Siegel der Vereinigten Staaten an.

»Was gibt's?« fragte ich.

»Ach so, ja. Da unten an der Straße nach Willow's Point steht der Wagen, ein großer schwarzer.«

Der Packard der Gangster! Ich winkte Phil zu und sprang in meinen Renner. Ich raste vom Hof, an der Gabelung bog ich ab. Zweihundert Yard vor uns stand der Packard, die lange Schnauze zwischen zwei Bäumen, die Vorderräder in den weichen Boden gewühlt. In vorsichtiger Entfernung hielt ich an. Wir stiegen aus und trennten uns, ohne ein Wort zu wechseln. Ich benutzte die Bäume der rechten Seite als Deckung. Phil schlich geduckt von links heran. Wir beide hatten unsere Dienstrevolver in den Fäusten.

Von der offenen See her fegte der Sturm heran, seine starken Böen zerrten an den Ästen. Phil, der dem Anprall fast schutzlos ausgesetzt war, stemmte sich mit vorgebeugtem Kopf gegen den Wind.

Ich sah in den Packard hinein. Der Wagen war leer. Keine Männer, keine Geldkassetten oder Geldsäcke. Weiter vorn bog ein Weg ab. Ich lief auf die Einmündung zu. Unten schlugen Wellen auf den Strand.

Phil und ich verständigten uns mit raschen Zeichen. Mein Freund folgte der Straße nach Willow's Point, vielleicht fand er eine Spur. Die Gangster konnten noch nicht sehr weit gekommen sein. Ich lief den steinigen Weg zum Strand hinunter.

Ich stapfte durch den Sand, Gischt spritzte, Wellen leckten über meine Füße. Der Wind nahm mir fast den

Atem. Ich schmeckte salziges Wasser auf meinen Lippen.

Aus den sprühenden Wellen und dem Dunst tauchte der Anleger vor mir auf. Ich sah die frischen Fußspuren zweier Männer, noch kaum verweht. Und ein loses Tau im nassen Sand.

Die Gangster waren über das Wasser geflohen. Das Festland konnte von hier aus nicht weit sein. Ich versuchte, die Windrichtung festzustellen. Es war gar nicht so einfach. Der heulende Sturm war überall. Heftige Böen drückten die Wellenkämme glatt. Hier in der leidlich geschützten Bucht mochte es im Moment noch ruhiger sein als draußen im Sound. Die Gangster waren mit einem Boot unterwegs. Hatten sie eine Chance?

Für eine Sekunde flaute der Sturm etwas ab, die grauen Schleier fielen in die See zurück. Für einen winzigen Augenblick erkannte ich den hellen Umriß eines Bootes, einer kleiner Yacht, die quer zur Bucht wild schwankend durch das Wasser pflügte. Dann fielen die Schleier wieder, verschluckten das Boot.

Ein gewaltiger Windstoß jagte parallel zum Strand heran, brüllend stiegen Wogen auf. Ich sprang zurück und drehte dem Sturm den Rücken. Über mir knackten Äste, polterten auf den Strand. Weiter entfernt, ich schätzte in Höhe der Straße, krachte es berstend. Ich hörte das Knacken dicker Äste und dann ein Prasseln. Da oben stürzte ein Baum! Und Phil lief dort herum, und mein kostbarer Jaguar stand auch da.

Ich rannte los, keuchte den Weg hinauf, erreichte die Straße. Ich sah nach links. Niedrig und rot stand mein Renner da, das gute Stück war noch unversehrt. Ich blickte nach rechts und erstarrte. Ein riesiger Ast lag quer über der Straße. Die Blätter waren schon gelb. Der abgestorbene Ast war eine leichte Beute des Sturms geworden.

Phil war nicht da. Ich schrie seinen Namen gegen den

Wind, hörte mich selbst kaum, gab es auf. Ich versuchte, den Ast zu umgehen. Nach links fiel die Straße steil ab, rechts hatten sich die belaubten kleineren Äste zwischen den anderen Bäumen verfangen und bildeten ein fast unüberwindliches Hindernis. Ich riß Zweige und Äste zur Seite, drang in den starren Käfig ein und suchte meinen Freund.

Das Laub wurde naß und glitschig, es regnete. Große Tropfen trommelten auf die Blätter. Ich gab die Suche auf, als ich sicher sein konnte, daß meinem Freund nichts geschehen war – wenigstens nichts von dem gestürzten Ast. Ich schlug den Kragen meiner Jacke hoch und ging langsam auf den Jaguar zu. Ich mußte den Wagen von den Bäumen wegschaffen. Im Augenblick konnte ich zwar wenig mit ihm anfangen, aber einmal mußte der Sturm ja wieder abflauen.

Der Wind peitschte mir den Regen nadelscharf ins Gesicht. Meine dünne Sommerjacke war durchnäßt, und ich fror jämmerlich. Ich zog die Jacke aus und warf sie auf den Rücksitz. Dann stieg ich ein. Meine Augen tasteten noch einmal die Büsche und Bäume am Straßenrand ab. Von meinem Freund war nichts zu sehen. Ich beschloß, zur Fischfabrik zurückzufahren und mit dem Sheriff wiederzukommen. Ich startete. Zum Wenden war die Straße zu schmal. Ich legte den Rückwärtsgang ein und ließ die Kupplung kommen. Bevor ich den Kopf wandte, um nach rückwärts zu sehen, nahm ich noch eine undeutliche Bewegung bei dem gestürzten Ast wahr. Die Zweige teilten sich, und wie ein Waldgeist erschien eine dunkle Gestalt in dem Gewirr, rutschte über einen Ast und stand auf der Straße. Es war Phil.

Ich hupte und winkte. Mit eingezogenem Kopf rannte Phil auf mich zu. Ich öffnete die Tür, und schnaufend ließ sich mein Freund ins Polster fallen. Seine Kleider rochen naß.

»Nun?« fragte ich ihn.

Er schüttelte den Kopf. »Nichts. Ich bin ein Stück die Straße runtergelaufen, aber von den Gangstern war nichts zu sehen.«

»Zwei sind vermutlich übers Wasser geflohen«, sagte ich. »Der andere steckt hier irgendwo in der Gegend.« Ich beschrieb einen vagen Bogen mit meiner Hand. »Er kommt nicht weg.«

Ein kleinerer Ast klatschte auf die Motorhaube und ratschte über den Lack. Ich fuhr endlich an. »Wir lassen die Straße nach Crescend Beach sperren. Mehr können wir jetzt nicht tun.«

Phil nickte bestätigend. Dann fragte er: »Und die anderen? Die werden kaum eine Chance haben. Was meinst du?«

»Ich weiß es nicht. Capello war bei den Ledernacken. Die Jungs haben schon oft Unmögliches fertiggebracht. Wir müssen die Küstenwache alarmieren.«

An der Gabelung wendete ich und schoß dann in die Zufahrt zur Fabrik hinein. Der Hof war jetzt leer, die Leute hatten sich ins Trockene zurückgezogen. Nur der Geldtransporter stand verloren auf seinen platten Reifen vorm Eingang.

Aus zusammengekniffenen Augen starrte Frank Capello in den grauen Dunst hinaus. Seine harten Fäuste umklammerten das Steuerruder. Angespannt saß er auf dem erhöhten Sitz im Cockpit. Gischt sprühte gegen die Scheiben. Der Scheibenwischer fuhr unermüdlich über das Glas, aber gegen den Ansturm aus Regen und Gischt war er machtlos. Capello hatte das Echolot eingeschaltet. Immer wieder huschten seine Augen über den mattgrün blinkenden Schirm. Die Tiefe lag fast konstant auf fünfeinhalb Fuß. Er schätzte den Tiefgang der Yacht auf knapp zwei Fuß.

Heftige Böen trafen das Boot und drohten immer wieder, es quer gegen die See zu drücken. Capello steigerte die Geschwindigkeit und richtete den Bug gegen den Wind. Gelegentlich hörte er Dix Hawthorn hinter sich stöhnen, aber er kümmerte sich nicht um seinen Komplicen.

Der Kompaß zeigte jetzt Ostsüdost. Aber mit dieser Angabe konnte Capello nicht viel anfangen. Er wußte nur, daß ihn diese Richtung in den Long Island Sound hinausführen würde. Behutsam versuchte er, die Fahrtrichtung zu ändern auf Ostnordost. So konnte er halbschräg gegen den Sturm anlaufen und doch die Küste erreichen.

Die Yacht schlingerte schwer. Die Wellen stiegen zwar nicht hoch, weil der Wind die Kämme niederhielt, aber das Wasser rollte in kurzen Wellen unter dem Kiel her. Dix Hawthorns Stöhnen ging in ein langgezogenes Wimmern über.

»Ich kann nicht mehr, Frank«, jammerte er. »Oh, mir wird schlecht!«

Capello starrte verbissen nach vorn. Ein Stück Holz tauchte unvermittelt vorm Bug des Sea Skiff auf und trieb vorbei. Wachsam spähte er er in das tobende Wetter hinaus.

»Hörst du nicht, Frank?« wimmerte Dix. »Ich will an Land! Mir wird schlecht!«

»Dann kotz doch!« rief Capello roh. »Aber über Bord, verstanden?«

Hawthorn schrie erschreckt auf. »Ich geh' nicht nach draußen, Frank!«

»Dann halt die Schnauze zu und quatsch mich nicht an. Ich hab' zu tun.«

Capello hörte, wie Dix würgte. Angewidert verzog er das Gesicht. Die Tür des Ruderstandes wurde geöffnet, der Wind schlug die Tür heftig gegen die Bordwand, Wasser sprühte in den kleinen Raum.

»Tür zu!« brüllte Capello. Aber Hawthorn war in einem Zustand, in dem ihm alles egal war.

Capellos Augen wanderten wieder über die Instrumente. Zum ersten Mal bemerkte er das rote Warnlicht unter dem Zifferblatt der Benzinuhr. Der kleine Zeiger stand auf Null. Capellos Herz begann plötzlich wild zu hämmern. Überdeutlich spürten seine Füße das Vibrieren der starken Maschine unter seinen Füßen. Noch liefen die beiden Motoren, aber wie lange noch? Er versuchte, sich an den Benzinverbrauch des Sea Skiff zu erinnern. Die Tanks faßten etwa sechzig Gallonen, das wußte er noch. Wie weit kam man damit? Einhundert, vielleicht einhundertfünfzig Seemeilen. Bei gutem Wetter und ruhiger See. Das bedeutete drei Stunden Fahrt bei vollem Tank. Sie waren jetzt seit zwanzig Minuten draußen. Wie lange konnten sie noch fahren?

Capello wandte den Kopf, um nach Dix zu sehen. Er sah die langen Beine seines Komplicen im Ausschnitt der immer noch offenstehenden Tür. Den linken Fuß hatte Dix unter eine Spante geklemmt, mit dem rechten stemmte er sich gegen eine Sitzbank.

»Dix!« brüllte Capello. »Dix!«

Dix Hawthorn rührte sich nicht. Capello zog am Ventil des Signalhorns. Die Hupe brüllte auf. Dix' Füße zuckten. Capello ließ das Horn noch einmal ertönen. Jetzt reagierte Dix. Langsam zog er die Beine an und beugte den Oberkörper zurück. Im Türrahmen erschien Dix' langes Gesicht. Es war blaß und elend. Leidend sah er seinen Boß aus großen runden Augen an.

»Komm rein!« schrie Capello. Der pfeifende Wind übertönte seine Stimme. Capello winkte heftig. Hawthorn stolperte schwankend in das Cockpit.

»Der Sprit ist alle«, sagte Capello, sich mühsam zur Ruhe zwingend. »Such nach den Reservekanistern.«

»Wo?« fragte Dix.

»Überall! Verdammt noch mal, reiß die Augen auf!

Weiß ich denn, wo der Skipper sein Zeug versteckt?«

Dix stöhnte. Planlos sah er sich um, öffnete eine Luke im Boden, spürte den öligen Dunst von den Maschinen auf seiner Zunge und ließ die Klappe schnell wieder zufallen.

»Draußen«, zischte Capello böse. »Das Zeug muß irgendwo draußen sein.« Er hoffte, daß der Eigentümer der Yacht überhaupt Reservekanister an Bord hatte.

Dix Hawthorn schwankte hinaus. Capello nahm das Gas etwas zurück. Der Zeiger der Benzinuhr stand jetzt sogar einen Strich unter Null. In wenigen Sekunden mußte es vorbei sein.

Frank Capello versuchte, mit seinen Augen die Dunstschleier zu durchdringen. Die Sicht ging kaum weiter, als das Sea Skiff lang war. Vielleicht zwanzig Yard. Der Kompaß stand jetzt wieder auf Ostsüdost. Offenbar hatte der Wind gedreht. Capello kam jetzt zum ersten Mal der Gedanke, daß er in einen echten Hurrikan geraten sein könnte. Auch die Wellen schienen ihre Richtung geändert zu haben. Wenn dieser Sturm ein Hurrikan war, befanden sie sich im Südostquadranten. Wenn die Maschine jetzt ausfiel, würde der Sturm das Boot in den Sound hinaustreiben oder gegen die Spitze der Halbinsel werfen. Beides war gleich schlimm. Ein hilflos treibendes Boot in den mächtigen Wogen, die von der offenen See hereintobten. Die Yacht würde vollschlagen oder zertrümmert werden. Und die Landspitze der Halbinsel wurde von einem mächtigen Wellenbrecher geschützt. Wenn das Sea Skiff dagegengeschleudert wurde ...

Das Steuerruder bewegte sich plötzlich leichter in Capellos Hand, und er bemerkte jetzt auch, daß das Vibrieren fehlte. Die Maschinen standen. Capello drückte den Starterhebel, immer wieder. Aber nichts geschah. Das Sea Skiff lag jetzt quer zu den Wellen. Capello sah sich um. Der Sturm drückte die Wellen über den Freibord, die Yacht nahm Wasser über. Wie lange würde die Batterie die elektrische Lenzpumpe noch speisen können? Nicht lange bei der Belastung, dachte Capello. Er ließ das Ruder los und verließ das Cockpit. Draußen traf ihn der Sturm mit voller Wucht. Salzwasser spritzte in seine Augen. Wild sah Capello sich um. Dix Hawthorn war nicht zu sehen.

»Dix!« schrie Capello. »Dix!« Der Sturm fetzte die Wörter von seinen Lippen. Über den Boden schwappte fußhoch das Wasser, wieder übernahm das Boot eine Welle. Es schwankte jetzt heftig hin und her.

Hinter der Sitzbank erschien plötzlich Dix' langes Gesicht. Das schwarze Haar hing ihm wirr und feucht ins Gesicht, die Jacke klebte naß an seinem hageren Körper. Hilflos schüttelte er den Kopf und richtete sich auf.

Capello stemmte sich ins Cockpit zurück und winkte Dix. Hawthorn tastete sich an der Reling entlang. Capello packte ihn am Arm und zog ihn hinein. Dann schlug er die Tür zu.

In dem geschlossenen Raum klang das Brausen des Sturms nicht mehr so nervenzermürbend. Ratlos starrte Capello auf das Instrumentenpult. Das Echolot zeigte nur noch drei Fuß Wasser unter dem Kiel. Der Sturm trieb die Yacht quer zu den Wellen nach Südosten. Das Boot krängte schwer nach Steuerbord. Capello sah hinaus. Durch die treibenden Schleier hindurch meinte er, für einen Moment die mächtigen Bohlen des Wellenbrechers gesehen zu haben. Konnte das sein? Waren sie nicht weiter gekommen als bis zur Spitze der Halbinsel? Angespannt versuchte er, etwas durch das aufgewirbelte Wasser hindurch zu erkennen. Noch einmal glaubte er, den Wellenbrecher zu erkennen, dann fielen die Schleier wieder.

Dix Hawthorn saß zusammengesunken auf einer Kiste. Die Kiste trug in großen gelben Buchstaben das

Wort »Schwimmwesten«. Capello stieß seinen Kumpel an.

»Steh mal auf«, sagte er. Capello erhob sich, stand schwankend, lehnte sich an die Tür. Capello erkannte klar, daß mit Dix nicht mehr zu rechnen war. Er öffnete die Klappe und zog zwei der gelben Westen heraus. Es waren große Schwimmwesten, wie sie auch bei der Marine verwendet werden. Richtige große Jacken mit einem weiten Kragen, der verhindern soll, daß der Schwimmer zuviel Wasser schluckt.

Capello schüttelte Dix heftig. Der Mann sah ihn nur mit leeren Blicken an. Entschlossen zwängte Capello seinen Komplicen in die Weste hinein und hakte die Klammern vor der Brust zu.

»Wenn du ins Wasser gehst, immer den Kopf hochhalten. Das ist das Wichtigste. Verstehst du?«

Hawthorn reagierte nicht. Capello schlug ihn zweimal mit der flachen Hand ins Gesicht und wiederholte seine Anweisung. Hawthorn nickte stumm.

Capello legte sich jetzt selbst eine Schwimmweste an. Dann sprang er über den Niedergang in die Kajüte hinunter und raffte die vier Geldsäcke auf, die er vor einer halben Stunde achtlos dort hineingeworfen hatte. Er wühlte in einer Schublade des Geschirrschrankes herum, bis er ein kurzes Tauende fand. Rasch knotete er die Säcke zusammen und warf sich das Bündel über die Schultern. Das Geld würde er so schnell nicht aufgeben.

Das Sea Skiff legte sich fast auf die Seite, als Capello sich ins Ruderhaus zog. Das Boot kam wieder hoch, jetzt hob sich der Bug, fiel zurück. Capello hielt sich am Rahmen der Windschutzscheibe fest. Das Echolot zeigte sieben Fuß, dann acht Fuß, zehn, zwölf. Ungläubig starrte Capello auf das grüne Glas. Dann sah er nach draußen. Die Wellen gingen hoch, er schätzte fünfzehn Fuß. Das Sea Skiff wurde von einer Woge angehoben, Capello spürte die Belastung wie in einem schnell anfahrenden Expreßlift. Dann sauste die Yacht in die Tiefe, wurde abrupt gestoppt. Die Planken ächzten. Das Echolot zeigte zwanzig Fuß an.

Capello begriff nur langsam, daß er an dem Wellenbrecher vorbeigekommen war. Aber ob er darüber froh sein sollte, war ihm nicht klar. Die Wassertiefe nahm immer noch zu. Wohin mochten sie jetzt treiben? Südost voraus lag eine größere Insel, Fishers Island. Bis dahin mochten es etwa acht Meilen sein. Aber Capello nahm an, daß der Kurs der Yacht sie südlich an der Insel vorbeiführen würde. Dazwischen gab es eine Reihe weiterer Inseln, die meisten sehr klein und unbewohnt. Eine Insel mit flachem Strand könnte die Rettung bedeuten.

Eine Woge krachte auf das Vorschiff nieder und ließ das Sea Skiff erbeben. Eine zweite folgte kurz darauf. Langsam würde die Yacht zertrümmert werden, dachte Capello. Er sah auf die Uhr. Es war erst kurz nach halb drei. Noch nicht einmal eine Stunde war seit dem Überfall vergangen. Er saß auf dem Sprung. Jeden Augenblick konnte das Boot auseinanderbrechen. Die Spanten ächzten erbärmlich, wenn das Sea Skiff in ein Wellental geworfen wurde. Capello beobachtete den Schirm des Echolots. Die Tiefe betrug achtundzwanzig Fuß. Er hatte die Hoffnung, auf eine Insel zugetrieben zu werden, schon fast aufgegeben, als die dünne Linie wieder zu steigen begann. Fünfundzwanzig, zwanzig, fünfzehn, zehn, es schien rasend schnell zu gehen. Acht, sechs. Plötzlich ging ein Zittern durch den Rumpf, ein entsetzliches Kratzen ertönte, ein Reißen, für einen Moment lag das Boot fest, als das Wasser zurückwich. Dann packte eine Welle das Sea Skiff, hob es hoch und warf es krachend auf ein Riff. Die Yacht hing im steilen Winkel nach Backbord über, die Back hing unter Wasser, unter der Tür her drang Wasser ein.

Capello faßte die vier Geldsäcke fester und stieß Dix

Hawthorn zur Tür. Entschlossen riß er sie auf. Der Wind drückte in den Raum hinein. Capello stemmte sich dagegen und zerrte den willenlosen Hawthorn hinter sich her. Eine Welle brach über ihm zusammen, der Bootsrumpf ächzte, Holz riß. Capello stieß seinen Kumpan auf der Leeseite über Bord und sprang hinterher.

Er sackte unter, hielt die Luft an und ruderte mit den Armen, bis er am Kopf wieder den Wind spürte. Seine Hand fühlte Stoff, er packte zu. Er hatte Dix' Schwimmweste erwischt und hielt fest. Die beiden Männer wurden von einer hohen, schäumenden Welle überspült und mitgerissen. Capellos Füße stießen gegen etwas Hartes, er tastete herum, und mit wilder Freude stellte er fest, daß er steinigen Boden unter den Füßen hatte.

Eine neue Woge hob die Männer an, trug sie voran. Die Wucht des Wassers riß Capello die Schuhe von den Füßen, aber er hielt seinen Partner fest. Unter seinen Füßen fühlte er scharfkantige Steine. Eine Welle rollte ihn mit dem ganzen Körper über rauhen Fels, er spürte einen scharfen Schmerz an der Wirbelsäule. Mit der Schwimmweste blieb er an einem Stein hängen und wurde wieder von einer hohen Welle überrannt. Die Kraft riß Dix' Körper aus seiner Hand. Er hatte nicht richtig Luft geholt, und nun rang er nach Atem, während das Wasser über ihm war und nicht ablaufen wollte. Seine linke Hand hatte sich in die Säcke gekrallt. Er wollte schon loslassen, um sich von dem Stein zu befreien, als er wieder Luft bekam. Gierig sog er seine Lungen voll, bekam den Mund halb voll mit schäumender Gischt, würgte und zuckte.

Plötzlich war er frei. Auf den Knien rutschte er vorwärts, schrammte sich die Haut auf, platschte durchs Wasser. Er hörte das Heranrollen der nächsten Woge, richtete sich halb auf, stolperte hastig voran, fiel hin, rappelte sich wieder hoch. Da war der Wasserberg wieder über ihm, begrub ihn, zerrte ihn über die Felsen. Das ablaufende Wasser nahm ihn ein Stück mit zurück. Halb betäubt, mit blinden, brennenden Augen und zerschundenen Knochen wankte er voran. Er lief und lief, schwankend und taumelnd, fast ohne Besinnung. Das Donnern der nächsten anstürmenden Welle drang in sein Gehirn. Er erwartete, umgeworfen und von den Wassermassen begraben zu werden. Aber nur ein dünnes Rinnsal umspülte seine Füße, leckte an den Waden.

Capellos Füße trugen ihn noch zwei, drei unsichere Schritte vorwärts, dann gaben die Knie nach. Capello stürzte, sein Gesicht fiel in nassen Sand, er spürte die harten Körner zwischen den Zähnen, den Fingern. Nasser Sand, aber kein Wasser mehr. Ein Schluchzen schüttelte ihn, sein Körper zuckte, dann lag er still.

In dem winzigen Sanitätsraum der Fischfabrik drängten sich die Menschen. Einer der Männer vom Geldtransporter lag auf der kunstlederbespannten Liege. Sein Gesicht war blaß, die Brust hob sich in kurzen, unregelmäßigen Stößen. Joe Benson, der Sanitäter, beugte sich über ihn und verband die Kopfwunde.

Ich nahm den Sheriff zur Seite. »Wie sieht es im Dorf aus?« fragte ich ihn.

Stan Leroy verzog das faltige Gesicht. »Die Telefonleitung ist unterbrochen. Ich kann Jeff nicht erreichen.«

Ich fluchte leise. Dann fragte ich: »Gibt es noch einen Weg, ins Dorf zu kommen? Vielleicht am Strand entlang. Die Straße ist jedenfalls versperrt.«

»Auf der Südseite führt ein schmaler Sandweg an den Sommerhäusern entlang«, antwortete der Sheriff. »Aber ich bezweifle, daß Sie da noch durchkommen. Jedenfalls nicht mit Ihrem Rennwagen, und mit dem kleinen Unfallwagen von der Fabrik auch nicht.«

»Wir müssen Ihren Hilfssheriff erreichen«, sagte ich

verbissen. »Einer der Gangster muß in Richtung aufs Dorf geflohen sein. Er wird sich dort einen Wagen besorgen wollen. Kommen Sie mit, wir rufen ihn über Sprechfunk. Und dann versuchen wir, ins Dorf zu kommen. Wie, ist egal. Hier sind wir am falschen Ende.«

Phil und der Sheriff verließen den Raum. Ich wandte mich an den Sanitäter. »Wie geht es ihm?«

Benson zuckte vorsichtig die Achseln. »Er gehört in ein Krankenhaus. Zumindest muß ein Arzt her.« Benson sah mich hoffnungsvoll an. »Könnten Sie vielleicht . . .?«

Ich dachte an die versperrte Straße und den Sturm und schüttelte den Kopf.

Der andere von der Transportgesellschaft drängte sich durch die Umstehenden und stellte sich neben mich. »Mein Name ist Fanning«, sagte er, »Viktor Fanning. Sie sind doch vom FBI?« Und als ich nickte, fuhr er mit drängender Stimme fort: »Können Sie denn gar nichts tun? Dan Bowlwer stirbt, wenn er hierbleibt. Das sehen Sie doch!«

Ich sah den Mann prüfend an. Auch er war blaß, ein mächtiges Pflaster verdeckte die halbe Stirn. Aber er schien sonst okay zu sein und machte einen entschlossenen Eindruck. Er mochte Ende Dreißig sein, vielleicht auch vierzig, und war gut in Form.

»Es gibt nur eine Straße ins Dorf runter, und die ist versperrt. Ein großer Ast . . .«

»Das weiß ich«, unterbrach er mich ungeduldig. »Was kann ich tun?«

»Schnappen Sie sich ein paar Männer, und räumen Sie die Straße. Im Dorf wird es einen Arzt geben. Sorgen Sie dafür, daß der Krankenwagen durchkommt.«

Fanning nickte und sah sich um. Er sprach mit einigen Männern, handfesten Burschen. Sie würden es vielleicht schaffen, solange der Sturm nicht heftiger wurde.

Ich ging nach draußen. Der Wind heulte um die Gebäude der Fabrik. Phil und der Sheriff standen neben meinem Jaguar. Ich lief auf sie zu.

»Im Büro des Sheriffs meldet sich niemand«, berichtete Phil.

»Das hätte ich Ihnen gleich sagen können«, meinte Leroy. »Jeff hilft den anderen. Katastropheneinsatz.«

»Wir müssen ins Dorf«, sagte ich verbissen.

»Nicht mit dieser Karre. Mit dem Geldtransporter da ginge es vielleicht, aber nicht mit diesem Sonntagsauto . . .«

Sonntagsauto! dachte ich empört, sagte aber nichts. Der Geldtransporter war ein neuer Chevrolet Kingswood Estate, eine Art umgebauter Lieferwagen auf einem normalen Chassis. Ich lief los, stürmte in den Sanitätsraum und fragte: »Wer ist für den Fuhrpark der Fabrik verantwortlich?«

Ein älterer, gebeugter Mann hob die Hand. »Ich, Sir.«

»Was haben Sie für Wagen in Ihrer Garage? Haben Sie einen Landrover oder etwas Ähnliches?«

»Nein, nur offene Pritschenwagen und zwei PKW. Einen Olds, der gehört dem Chef, und einen Chevy, der ist für die Einkäufer und so da.«

»Was für 'n Chevy?«

»68er«, kam die kurze Antwort.

»Haben Sie Winterreifen für den Wagen da?«

»Sicher, sogar auf Felgen.«

»Los, holen Sie die Räder, und montieren Sie sie auf den Geldtransporter.«

»Okay, Sir. Sie sind der Chef.« Der Mann flitze raus. Ich folgte ihm und ging wieder zum Jaguar. Fanning und sieben andere Männer verließen gerade den Hof. Sie trugen Äxte, Sägen und Seile in den Fäusten.

Phil saß auf dem Beifahrersitz, das Mikrofon in der Hand. Der Sheriff stand im Regen. Phil sprach mit jemandem.

». . . Straße sperren«, verstand ich, dann quakte eine empörte Stimme aus dem Lautsprecher.

Fragend sah ich den Sheriff an.

»Ihr Kollege spricht mit der State Police in Niantic.« Er grinste flüchtig. »Bei dem Wetter werden die nicht viel für uns tun können. Es gibt im Moment Wichtigeres, verstehen Sie?«

Ich nickte. »Wo steckt eigentlich Ihre Fischereiflotte?«

»Oh, um die brauchen Sie sich keine Sorgen zu machen.« Leroy wies mit der Hand auf unser Sprechfunkgerät. »Die Jungs von der State Police haben mir gerade Bescheid gesagt. Die Boote sind rechtzeitig in die Bucht von Snug Harbor eingelaufen.«

Wenigstens eine gute Nachricht, dachte ich. Phil hakte das Mikro zurück und stieg aus. Resignierend zuckte er die Achseln.

»Agatha heißt dieses Windchen«, sagte er. »Die Dame hält zur Zeit alle offiziellen Stellen in Atem. Sowie der Sturm abflaut, stellen die Kollegen von der State Police Straßensperren auf. Mehr konnten sie nicht versprechen.«

Der Mann vom Fuhrpark rollte ein Rad heran. Wir gingen zum Geldtransporter und faßten mit an. Ich begann, die Radmuttern zu lösen, während Phil den Wagen mit einem hydraulischen Wagenheber anhob. Innerhalb von zehn Minuten stand der Wagen auf vier neuen Rädern mit grobem Profil. Damit konnte man es riskieren, über nassen Sand zu fahren. Phil, Sheriff Leroy und ich stiegen ein. Wie selbstverständlich klemmte sich der Sheriff hinter das Steuerrad.

Er wendete und fuhr die Straße zur Landspitze hinauf, an dem Restaurant vorbei. Ein eklig schmaler Hohlweg führte abwärts. Und schon war die Reise zu Ende. Der umgestürzte Mast einer Telefonleitung blockierte bereits die Einfahrt. Wir stiegen aus.

Der Sturm fegte mit voller Wucht heran, zerrte an

unseren Kleidern und trieb uns peitschend den Regen ins Gesicht. Wir zerrten an dem Mast, konnten ihn aber nicht bewegen. Er hatte sich zwischen den Bäumen verkeilt. Wir gaben es auf.

Ich sah auf den Sound hinaus. Neben dem Restaurant stand eine kleine Aussichtsplattform mit eisernem Geländer und einem Fernrohr auf einem gußeisernen Sockel. Ich hielt mich an dem Geländer fest und versuchte, mit meinen Augen die ziehenden grauen Schleier zu durchdringen. Der Sturm peitschte die Wassermassen auf, zerriß die Wellen zu Schleiern aus Nässe und trieb sie vor sich her. Nur wenn eine Bö plötzlich aus einer anderen Richtung heranfegte, fielen die aufwirbelnden Massen sekundenlang in sich zusammen. So erkannte ich einmal den Wellenbrecher unter mir, triefende, dunkle Bohlen aus Eichenstämmen. Die Wellen leckten an dem Holz, überspülten es. Dann fiel der Vorhang wieder.

Phil und der Sheriff standen neben mir und sahen ebenfalls schweigend in das Toben hinein. Ich brachte meinen Mund nahe an das Ohr des Sheriffs und brüllte: »Welche Chance hat man jetzt mit einem Boot da draußen?«

»Kommt darauf an. Es gibt ein paar in der Gegend, die sich selbst bei diesem Wetter eine Weile halten können. Die Boote der Strandwächter zum Beispiel oder die kleinen Kajütkreuzer, wenn sie starke Motoren haben.«

Ich dachte an die Männer in der weißen Motoryacht. Hatte Capello eine Chance? War er es überhaupt, der an Bord war?

Für einen Moment fielen die Schleier wieder in sich zusammen, ich sah die wogende See hinter dem Wellenbrecher, die plattgedrückten Wellenkämme und die sprühende Gischt. Und wie ein Schemen tauchte geisterhaft ein weißer Rumpf aus dem Dunst, quer zu den Wellen, heftig schaukelnd. Ich erkannte einen schlanken Rumpf, die flachen Kajütfenster und den hohen Aufbau des Ruderhauses.

»Das Sea Skiff des Doktors«, stöhnte der Sheriff neben mir. »Was macht der denn da draußen?«

Eine mächtige Woge brandete gegen den Wellenbrecher und verschluckte die Yacht, dann tauchte sie noch einmal auf. Das Boot schien antriebslos auf den Wellenbrecher zuzutreiben. Eine Welle riß das Sea Skiff herum, das Heck kam den Bohlen gefährlich nahe. Dann schaukelte die Yacht vorbei und tauchte hinter den tobenden Wellen und der Wasserwand unter.

»Mein Gott«, sagte der Sheriff. »Der Doktor!«

»Wo liegt die Yacht gewöhnlich?« fragte ich schreiend den Sheriff.

»Am östlichen Anleger, am äußersten Ende. Warum?«

»Wahrscheinlich sind zwei der Gangster an Bord. Die Maschine scheint ausgefallen zu sein, was meinen Sie?«

»Sicher, der Kahn trieb ja hilflos daher. Wenn die Maschinen laufen, sieht das ganz anders aus. Die saufen ab, das steht fest.«

»Wo liegen die Boote der Strandwächter?« fragte ich.

»Unten, am Anleger natürlich.«

»Ist eins fahrbereit?«

»Die sind immer fahrbereit. Aber Sie wollen doch nicht raus?«

Ich nickte heftig. »Und ob. Da treibt ein Boot mit zwei Männern an Bord. Die sind verloren, wenn niemand hilft. Kommen Sie!«

Wir liefen auf den Wagen zu und sprangen hinein. Leroy startete. Unterwegs fragte ich den Sheriff nach dem Rettungsboot aus.

»Es sind Chris Craft Lancers, kleine Motorkreuzer mit geschlossenem Ruderhaus und Doppelrümpfen, praktisch unsinkbar. Haben Sie so 'n Ding schon mal gesteuert?«

Ich nickte nur. Zu meinen wenigen Leidenschaften gehört der Wassersport mit allem Drum und Dran. In den Staaten gibt es wohl keine Wasserratte, die diese schnellen Kreuzer nicht kennt.

Der Sheriff stoppte einige Yard vorm Anleger. Die Wellen schlugen über die hölzernen Bohlen. Die Boote, die hier festgemacht waren, zerrten wild an ihren Leinen. Drei schneeweiße Lancers lagen an den Pollern neben dem Zollschuppen und rieben sich mit ihren Fendern am Anleger. Außer uns war kein Mensch hier unten.

Gemeinsam hielten wir eins der Boote fest. Ich riß die Persenning von der offenen Plicht und sprang hinein. Das Boot schaukelte wie verrückt, und ich mußte die Schlingerbewegungen mit gespreizten Beinen und gebeugten Knien abfangen. Phil wollte mir nachspringen.

»Stop!« rief ich. »Einer genügt!«

»Quatsch!« brüllte Phil zurück. »Du brauchst einen Aufpasser!«

Ich öffnete die niedrige Tür zum Ruderstand. Das nasse Hemd klebte mir unangenehm am Körper, und die Riemen der Schulterhalfter drückten. Ich rückte das Ding zurecht und zog den Smith & Wesson. Das Metall glänzte feucht. Seufzend steckte ich den Revolver wieder ein. Meistens schießt ein Revolver sogar dann noch, wenn man damit gebadet hat, aber man kann sich nicht darauf verlassen. Ich tröstete mich mit dem Gedanken, daß die Schießeisen der Gangster kaum trockner sein konnten. Und wahrscheinlich würde den Burschen nicht nach Schießen zumute sein, falls ich sie überhaupt finden sollte.

Phil machte Anstalten, das Boot zu entern.

»Alle Mann von Bord!« schrie ich. »Ich komme schon zurecht. Schlag dich ins Dorf durch. Wer weiß, was dort los ist!«

»Etwa zu Fuß?« brüllte mein Freund empört.

»Spazierengehen ist gesund!« rief ich ihm zu und knallte die Tür zum Ruderstand zu. Ich warf mich in den drehbaren, gepolsterten Schalensessel, zog die Sitzarretierung fest und legte mir die Anschnallgurte um. Rasch überflog ich die Instrumente auf dem Steuerpult, bevor ich den Starterschlüssel drehte. Durch den Sitz spürte ich das Vibrieren der Maschine. Regen und Gischt sprühten gegen die Scheiben und ließen die Vorgänge draußen nur wie durch einen dichten Schleier erkennen. Verschwommen sah ich die Figur des Sheriffs, der mit weitausholenden Bewegungen seiner Arme zu winken schien. Ich nahm an, daß er die Leine losgeworfen hatte, und gab Gas. Der Scheibenwischer schnitt einen breiten Sektor aus der Frontscheibe. Ich starrte nach vorne, in die grauen Schleier, aus der die Wogen hervorbrachen. Der Bug hob sich, als die Schraube kraftvoll das Wasser peitschte. Mit rauschender Bugwelle glitt ich in die tobende See hinaus.

Frazer war am Ende seiner Kräfte. Keuchend stapfte er durch den Wald neben der Straße, die nach Willow's Point hinunterführte. Unter den Bäumen spürte er den Wind weniger scharf, und er erwartete hier mehr Schutz vor dem Regen, den die Sturmböen über jede freie Fläche trieben. Trotzdem waren Frazers Kleider durchnäßt. Das Wasser stand in seinen Schuhen, lief über sein Gesicht, drang durch die Jacke bis auf die Haut.

Mit zusammengebissenen Zähnen stolperte er vorwärts, kletterte über losgerissene Äste. Sein Blick hing am Boden, aber er nahm kaum noch etwas wahr. Einen flachen Graben bemerkte er zu spät. Die Rinne war plötzlich da, Frazers Fuß trat ins Leere, und der Mann fiel der Länge nach hin. Der Graben stand voll Wasser, vermischt mit Laub und Erde und Zweigen. Fluchend schlug Frazer um sich, schürfte sich die Hände auf. Einmal verlor er einen der beiden Geldsäcke. Er platschte wild in dem Wasser umher, bis er den nassen Stoff des Beutels wieder zwischen den Fingern spürte. Seine Füße versanken im Schlamm. Mühsam raffte er sich auf, krabbelte auf allen vieren die niedrige Böschung hoch und ließ sich erschöpft ins nasse Gras fallen.

Mit zitternden Fingern suchte er nach seiner Zigarettenschachtel. Er fand die nasse Packung, fluchte leise, als er die zerkrümmelten, aufgelösten Stäbchen sah. Er riß die Packung ganz auf und fand endlich eine Zigarette, die noch halbwegs trocken geblieben war. Vorsichtig schützte er sie mit der hohlen Hand gegen herabfallende Regentropfen und versuchte gleichzeitig, sein Feuerzeug zu zünden. Nach mehreren Versuchen flammte der Docht auf. Gierig hielt Frazer die glimmende Zigarette zwischen den schmalen Lippen.

Seine Lebensgeister kehrten zurück. Langsam sah er sich um. Zwischen den Bäumen entdeckte er weiter vorn, kaum dreihundert Yard entfernt, die Umrisse einiger Häuser. Willow's Point! Behutsam robbte Frazer auf die Straße zu, von wo aus er besser beobachten konnte. Einige Männer rannten auf der Straße umher, sie trugen Werkzeuge in den Händen. Ein Auto war nicht zu sehen. Dabei brauchte er dringend einen Wagen, wenn er von dieser verdammten Halbinsel wegkommen wollte. Aber woher sollte er in diesem Kuhdorf einen Wagen bekommen? Die Männer da vorn liefen wie aufgescheuchte Hühner herum. Da war bestimmt nichts zu machen. Frazer nahm noch einen langen Zug aus der Zigarette und warf den winzigen Stummel dann weg. Erbittert dachte er an Frank Capello, der ihn zu diesem Job überredet hatte. Dann fiel sein Blick auf die beiden prall gefüllten Säcke an seiner Faust. Seinen Anteil hatte er wenigstens noch, das war immerhin etwas. Und dann hatte Frazer eine Idee.

Er dachte an den Buchhalter, den sie in einem Schuppen unten am Strandweg abgeladen hatten. Das mußte doch ganz in der Nähe sein! Frazer sprang auf und huschte geduckt über die Straße. Er rannte durch das dichte Unterholz, ohne auf die starren Zweige zu achten, die sein Gesicht zerkratzten. In dem Schuppen lag dieser Shingler, der bestimmt Zigaretten in seiner Tasche hatte. Und in dem Schuppen stand ein Wagen, ein Landrover! Den mußte er haben.

Frazer rutschte die Böschung hinab. Als er den Schutz des Waldes verließ, traf ihn der Sturm mit voller Wucht. Frazer riß den Mund auf und rang nach Luft. Die Gischt sprühte bis hierher, traf seine Augen und trübte den Blick. Frazer stand hinter einer niedrigen Strandhütte. Er ging um den Bau herum. Die Brandung hatte den Uferweg bereits erreicht. Die Wellen schlugen über den Strand und rollten in langen Zügen bis zu den Häusern, die hier standen. Frazer bemerkte ein losgerissenes Dach, und als er sich umsah, erkannte er das Ausmaß der Verwüstung. Die meisten Strandhäuser waren bereits beschädigt. Die Dächer waren davongeflogen, einige der leichten Hütten lagen halb zertrümmert neben ihren Fundamenten.

Frazer mied den Strandweg. Hinter den Häusern her ging er die Strecke ab. Er fand einen Schuppen, der Ähnlichkeit mit dem hatte, in dem Shingler liegen mußte. Frazer riß eine Planke von der hinteren Wand und spähte in das Innere. Fluchend lief er weiter, kehrte um, als er sich dem Dorf näherte, kämpfte sich am Strand entlang. Endlich hatte er den Schuppen gefunden. Das Gebäude war niedrig und lag im Schutz eines größeren, massiven Strandhauses. Die Böen rüttelten lärmend an den hölzernen Wänden, aber das Material hielt stand.

Frazer ließ sich auf die Knie nieder, legte die beiden

Säcke ab und zerrte an einem Brett. Es gelang ihm, einen kleinen Spalt zwischen zwei der Bohlen zu treiben, aber trotz aller Anstrengung bekam er das Brett nicht los. Er zog seinen Revolver aus dem Hosenbund, den er wie durch ein Wunder noch nicht verloren hatte, und setzte den langen Lauf als Hebel an. Krachend löste sich das Brett. Frazer vergrößerte schnell das entstandene Loch, bis er ächzend hindurchschlüpfen konnte.

Im Innern des Schuppens war es dunkel. Frazer tastete umher, stieß mit dem Schienbein gegen Metall, stolperte fluchend weiter. An der Tür fand er einen Lichtschalter und drehte. Nichts geschah. Frazer tapste wieder umher, bis er die Umrisse des Landrover unter seinen Händen fühlte. Er stieg auf den Fahrersitz und drückte einige Hebel und Schalter. Als die Scheinwerfer des Wagens aufflammten, atmete Frazer erleichtert auf.

Auf der Heckbank des Bootes lag Adam Shingler und starrte Frazer aus großen Augen angstvoll an. Frazer schwang sich in das Motorboot und beugte sich über Shingler. Der Gefesselte krümmte sich zusammen. Frazer tastete ihn ab, bis er eine Packung Zigaretten fand. Er nestelte ein Stäbchen aus der Packung und zündete es an. Langsam und genußvoll atmete er den Rauch ein und setzte sich dann neben Shingler auf die Bank. Nachdenklich betrachtete er den Mann.

»Auch eine?« fragte er endlich.

Shingler nickte hastig. Frazer riß ihm das Pflaster vom Mund, und Shingler schrie unterdrückt auf, wobei er das durchweichte Taschentuch ausspuckte.

»Nur ruhig, Freundchen«, sagte Frazer warnend und schob dem kleinen Mann ein Stäbchen zwischen die Lippen. Dann hielt er das brennende Ende seiner eigenen Zigarette an Shingler Stäbchen, der hastig zu ziehen begann. Shingler hustete ein paarmal unterdrückt.

Frazer lauschte dem Heulen des Sturms, der um den

Schuppen fegte und am Dach rüttelte. Die ganze Hütte schien zu schwanken, ächzte und rappelte. Frazer hatte noch nie einen so starken Sturm erlebt, deshalb konnte er sich kein Bild von der Kraft machen, die dahintersteckte.

»Was meinst du?« fragte er Shingler. »Ob die Straße nach Crescent Beach noch frei ist?«

Shingler schüttelte ernergisch den Kopf. »Nie im Leben«, krächzte er heiser.

Frazer seufzte und studierte die Schalter im Cockpit des Bootes. Es war ein kleines Kajütboot. Er beugte sich vor und legte einen Hebel herum, unter dem auf einem kleinen Schild »Licht« stand. Zwei schwache Birnen flammten auf, eine über dem Rudersitz, eine am Niedergang zur Kajüte. Frazer sprang aus dem Boot und schaltete die Scheinwerfer des Landrover aus. Er wollte die Batterie schonen. Denn er hatte die Absicht, den Wagen zur Flucht zu benutzen, sowie der Sturm nachließ.

Frazer ging zum Tor und wollte es öffnen.

»Nicht!« rief Shingler heiser.

Frazer wandte sich ungeduldig um. »Warum denn nicht?« fragte er unwillig.

Der Sturm reißt uns den Schuppen über den Köpfen weg, glauben Sie mir!«

Frazer grunzte. Aber er wußte, daß Shingler recht hatte. Er kletterte wieder ins Boot und sah den kleinen Mann nachdenklich an. »Du kennst dich aus, wie?«

Shingler nickte eifrig.

Frazer blies ihm den Rauch seiner Zigarette ins Gesicht. »Fein, fein«, sagte er dann bedächtig. »Du wirst mich hier rauslotsen, nachher, wenn der Wirbel vorbei ist.« Er zog seinen Revolver und wischte das Metall mit einem Lappen trocken, den er im Boot gefunden hatte. »Okay?« fragte er dann, ohne den Kleinen anzusehen.

Shinglers Augen flackerten unruhig. Dann nickte er ergeben.

Ich kam mir vor wie in einem U-Boot. Das Wasser war überall und erlaubte kaum einen Blick nach draußen. Ich fuhr nur mit dem Echolot und dem Kreiselkompaß und dem Vertrauen auf Glück. Das schnittige Boot pflügte unbeirrt durch die hochgehenden Wellen, der Sturm fetzte die Bugwellen gegen die Frontscheibe. Der Scheibenwischer arbeitete unermütlich und kämpfte wacker gegen die Wassermassen an. Der Lancer lag verhältnismäßig ruhig in der schäumenden, wirbelnden See. Während der ersten zehn Minuten hielt ich genau östlichen Kurs, dann schwenkte ich in weitem Bogen nach Südosten. Wenn mein Gefühl mich nicht trog, mußte mich dieser Kurs um die Spitze der Halbinsel von Willow's Point herumführen. Ich glaubte, am Schwanken des Bootes die rauher gehende See zu spüren. Der Lancer krängte einmal schwer nach Backbord und nahm eine hohe Welle über. Aber wie ein Stehaufmännchen richtete er sich wieder auf und folgte weiter willig dem Druck der Schraube und dem Ruder. Dann stieß der Bug in ein Wellental, und die Wogen schlugen über dem Boot zusammen. Eine halbe Sekunde lang – eine ganze Ewigkeit, wie mir schien – lag das Boot unter Wasser. Der Rumpf ächzte. Aber der Ruderstand blieb dicht. Wie ein Ball, den man unter Wasser gehalten und plötzlich losgelassen hat, schoß der Lancer wieder an die Oberfläche. Einen Augenblick mahlte die Schraube leer, dann tauchte das Heck wieder ein und trieb das Boot voran.

Angestrengt starrte ich nach draußen. Alles war grau, die Trennungslinie zwischen Wasser und Luft schien nicht mehr zu existieren. Aber dann sah ich etwas, etwas Weißes, das schemenhaft auftauchte und wieder verschwand, bevor ich es richtig gesehen hatte. Irgend etwas war vorbeigetrieben. Ich brachte meinen Kopf so nahe wie möglich an die Frontscheibe, um besser sehen zu können. Das Glas beschlug von meinem Atem. Ich wischte die Scheibe klar und spähte in die schäumende Masse. Da war wieder etwas, es gab keinen Zweifel. Eine weiße Planke trieb rasend schnell vorbei, dann ein großer Brocken, der wie ein Kajütdach aussah.

Mein Blick huschte über den Schirm des Echolots. Eben noch hatte das Instrument eine Wassertiefe von fast dreißig Fuß angezeigt, jetzt kletterte die Linie rasch und stand schon bei der 18-Fuß-Marke. Verblüfft sah ich wieder nach draußen. Trümmer trieben jetzt nicht mehr vorbei. Behutsam drehte ich das Steuerruder. Der Lancer legte sich folgsam auf die Seite. Der Sturm packte das Boot jetzt von Backbord und drückte es tief in die Wellen. Der Bug tauchte krachend unter, schoß hoch, tauchte wieder unter. Ich wollte einen weiten Kreis um die Stelle ziehen, an der die Bootstrümmer so plötzlich aufgetaucht waren. Aber dann lief ein Zittern durch den Bootskörper, es schabte und kratzte entsetzlich unter dem Kiel. Ich warf das Steuer noch weiter nach steuerbord herum und riß am Gashebel. Eine Welle hob den Lancer an. Das Boot lag jetzt in einem Winkel von 45 Grad auf dem Wasser, die Steuerbordseite hing weit unter Wasser.

Ich ließ das Ruder in die Nullage zurückdrehen, und der Lancer richtete sich wieder auf. Als ich in ein Wellental hineinschoß, krachte es wieder. Es klang erbärmlich und zerrte an den Nerven. Die leuchtende Linie des Echolots zitterte knapp unter dem Nullstrich. Dann krachte es noch einmal, und ich hing fest.

Ich schlug mit der flachen Hand auf den Verschluß des Gurtes und ließ mich aus dem Sitz gleiten. Da packte eine Welle das Boot, hob es an und setzte es dann mit voller Wucht wieder auf Grund. Ich flog in eine

Ecke und knallte mit dem Kopf gegen den Feuerlöscher. Ich taumelte wieder auf die Füße. Lange würde das Boot diese Belastung nicht aushalten, das war mir klar. Ich zerrte eine Schwimmweste aus dem Stauraum neben dem Cockpit und legte sie mir um. Die Wellen und der Sturm rüttelten am Boot und rieben es über den Grund. Wenigstens wurde es jetzt nicht mehr angehoben, dachte ich. Entweder gingen die Wellen nicht mehr so hoch, oder es lag schon so nahe an Land, daß die Wassertiefe nicht mehr betrug als der Tiefgang des Lancer, also höchstens zwei Fuß, eher weniger.

Ich kontrollierte den Sitz meines Revolvers, holte tief Luft und stemmte die Tür zur Plicht auf. Dahinter schien eine Wasserwand aufrecht zu stehen, die mich voll traf. Ich schluckte Salzwasser und rang nach Luft. Mit vorgehaltenem Kopf zog ich mich an der Heckreling entlang, stieg auf die Sitzbank und sprang auf der Leeseite über Bord. Ich versank nur bis zu den Knien, meine Füße standen auf schönem, weichem Sand. Aber nur einen Sekundenbruchteil lang. Das Boot schaukelte heftig unter dem Anprall einer Welle, und plötzlich reichte mir das Wasser fast bis zu den Schultern. Salziger Schaum sprühte in mein Gesicht. Ich zerrte an dem Lancer, um ihn in flacheres Wasser zu bekommen. Um mein Gewicht erleichtert, ruckte er ein kleines Stückchen vorwärts, bis das Wasser der starken Welle abfloß und das Boot wieder aufsitzen ließ. Mit der nächsten Woge wiederholte ich das Manöver, aber ich hatte nicht den Eindruck, voranzukommen. Dagegen meinte ich, daß der Sturm etwas abgeflaut war. Aber vielleicht lag es nur daran, daß mich der Bootsrumpf vor dem direkten Angriff der Böen etwas schützte.

Plötzlich hörte ich das Heranbrausen einer mächtigen Welle. Das dumpfe Rollen übertönte das Heulen des Sturmes. Ich wandte mich um, sah aber nur die graue Wand aus Wasser und Gischt. Das rollende

Geräusch wurde heller, fast schrill. Ich wußte, daß die Wassermassen gleich über mir sein mußten. Ich zog den Kopf ein, pumpte meine Lungen voll Luft und krallte mich an der Reling des Bootes fest. Und da war das Wasser auch schon da.

Der gewaltige Anprall überrollte mich, warf mich gegen den Lancer und begrub mich und das Boot unter sich. Der Druck des Wassers preßte mich auf den Grund, das Boot hatte ich längst losgelassen, meine Hände spürten Sand, mein Körper wurde hart über den Grund gerissen. Und dann setzte sich etwas Hartes unsanft über meine Beine, drückte und preßte, bis der Sand nicht mehr nachgab. Der Schmerz raubte mir fast die Besinnung, ich wollte schreien, riß den Mund auf, schluckte Wasser. Der Untersog der Woge zerrte an meinem Oberkörper. Und immer noch war das Wasser über mir.

Rote Ringe tanzten vor meinen Augen, und ich glaubte, meine Lungen müßten platzen. Vorsichtig stieß ich etwas Luft aus, dann mehr, preßte alles heraus. Mein Gehirn arbeitete mit seltsamer Klarheit. Ich wußte, daß ich in ein oder zwei Sekunden versuchen würde, einzuatmen. Irgend etwas. Wußte, daß ich es tun würde, tun mußte. Und ich wußte, daß der erste Zug der Anfang vom Ende sein würde.

Verzweifelt zerrte ich an meinen Beinen, um sie aus der tödlichen Umklammerung zu lösen. Ich wälzte mich auf die Seite, aber das Gewicht des Bootes hielt mich wie mit einer eisernen Klammer fest.

Ohne mein Zutun öffnete ich meinen Mund, der Brustkorb wollte sich weiten. Noch einmal siegte mein Wille. Ich bäumte mich auf, mit letzter, versagender Kraft. Plötzlich waren die Beine frei. Ich strampelte wild, stieß mich ab und riß den Kopf hoch, nur hoch. Meine Lungen machten einen gierigen Atemzug, ich hörte mich heiser atmen und wußte, daß ich noch einmal davongekommen war. Ich bekam Luft, wasserhaltige zwar, aber herrliche Luft. Im Moment sah ich noch nichts, meine Augen schmerzten. Mit den Armen tastete ich umher, platschte ins Wasser. Ich machte einen Schritt, stolperte, fiel, kam wieder mit dem Kopf unter Wasser. Wie in Panik rappelte ich mich auf, strauchelte vorwärts. Eine Welle warf mich um, rollte über mich hinweg, riß mich beim Zurückströmen erneut von den Füßen. Das Wasser war jetzt so flach, daß ich wie ein Kind auf allen vieren kroch. Keuchend und würgend vom vielen Salzwasser, das ich geschluckt hatte, tappte ich blind daher. Meine Arme knickten weg, mein Gesicht grub sich in nassen Sand, wurde vom Wasser überspült. Träge drehte ich meinen Kopf, um wenigstens den Mund oben zu behalten, wenn der nächste Brecher mich erreichen würde. Und die nächste Woge kam. Ich hörte ihr dumpfes Grollen, das Zischen des aufgeschäumten Wassers. Unendlich langsam kroch ich weiter, obwohl ich genau wußte, daß das Wasser schneller sein würde. Es würde mich überrollen, mich auf den Sand pressen und dann wieder hinauszerren.

Das durfte nicht sein, der Kampf durfte nicht umsonst gewesen sein! Ich stemmte mich mit den Armen hoch, richtete mich auf, kam mühsam auf die Beine. Schwankend setzte ich einen Fuß vor den anderen.

Das Brausen der heranstürmenden Welle biß sich in mein Gehirn. Meine Füße stampften durch den Sand, wurden schneller, ich lief! Donnernd brach die Woge hinter mir zusammen, ein flaches Rinnsal umspülte meine Waden. Schäumendes, glitzerndes Wasser lief vor mir her und rann schon zurück.

Meine Knie knickten ein, einen Augenblick noch hielt ich mich aufrecht, dann sackte ich ausgepumpt zusammen. Mein ganzer Wille konzentrierte sich jetzt darauf, nicht das Bewußtsein zu verlieren. Dann spürte ich plötzlich, wie ich gepackt und über den Sand geschleift wurde. Ich schlug wild um mich.

»Ruhe, Junge«, sagte da eine dunkle Stimme sanft. »Du bist ja in Sicherheit.«

Der Geldtransporter rollte in den Hof der Fischfabrik. Ein abgerissener Ast geriet zwischen die Räder und brachte den Wagen hart zum Stehen. Phil und der Sheriff sprangen heraus rannten über die ungeschützte Fläche. Der Sturm trieb kleinere Äste über den Beton, und dauernd prasselten Dachpfannen herab, die scheppernd zersprangen. Phil warf dem Jaguar einen besorgten Blick zu und seufzte leise. Der rote Flitzer würde ein paar Schrammen und Beulen mitbekommen.

Der Sheriff riß die Tür zum Hauptgebäude auf und schlug sie keuchend hinter sich zu, als auch Phil das Haus erreicht hatte. Phil atmete auf. Ohne Not brachte ihn niemand mehr in das Unwetter hinaus.

Die beiden Männer betraten den kleinen Sanitätsraum, in dem sich immer noch die Leute drängten. Schweigend wichen sie zurück und gaben den Blick auf die Liege frei. Phil sah das blasse Gesicht Dan Bowlers, die eingefallenen Wangen und hörte den rasselnden Atem des Verletzten. Und er sah den anderen Mann der Transportgesellschaft, der ihn stumm anblickte. Phils Magen krampfte sich zusammen. Der Verletzte! Also waren Fanning und die anderen Männer nicht durchgekommen.

»War nichts zu machen?« fragte Phil trotzdem.

Fanning schüttelte den Kopf. »Aussichtslos. Äste und umgestürzte Bäume . . .«

Phil wandte sich an Joe Benson, den Sanitäter. »Wie geht es ihm?«

»Nicht besser, nicht schlechter. Ist bei Gehirnerschütterungen nicht anders zu erwarten.« Benson fühlte nach Bowlers Puls.

»Welche Chance hat er hier?«

»Da bin ich überfragt, Mister. Der Mann gehört in ein Krankenhaus. Ich bin nur für kleine Wehwehchen zuständig, verstehen Sie?« Bensons Stimme hatte einen leicht schrillen Unterton. Phil erkannte, daß der Mann überfordert war. Er betrachtete noch einmal den bewußtlosen Mann auf der Liege. Er lag auf der Seite, eine leichte Decke bedeckte den Oberkörper. Phil nickte unbewußt. Mehr konnte er auch nicht tun. Oder doch! Wenn man den Verletzten nicht ins Krankenhaus bringen konnte, mußte eben ein Arzt her. Ganz einfach. Phil wollte jedenfalls nicht tatenlos zusehen, bis der Mann vielleicht starb. Entschlossen reckte er die Schultern.

»Ich hole den Arzt«, sagte er gepreßt, »und wenn ich ihn herauftragen muß.«

Die Männer in dem Raum schwiegen, nur Fanning sah Phil hoffnungsvoll an. Phil nickte noch einmal und wandte sich zur Tür.

»Warten Sie«, sagte Benson und öffnete einen Schrank. »Hier, nehmen Sie den.« Er reichte Phil einen gelben Schutzhelm.

»Danke«, murmelte Phil und stülpte sich das harte Ding über den Kopf.

»Ich komme mit«, verkündete der Sheriff.

Phil verharrte unentschlossen an der Tür. Sheriff Leroy war ein alter Mann. Einen Dreimeilenmarsch durch den Sturm, über umgestürzte Bäume, durch den verwüsteten Wald traute er ihm nicht zu. Phil wollte nicht unhöflich sein. Krampfhaft suchte er nach einer Aufgabe für den Sheriff, die ihn hier oben festhalten würde.

»Sie werden hier gebraucht«, sagte Phil fest. »Hängen Sie sich an das Sprechfunkgerät im Jaguar. Versuchen Sie, Verbindung mit Ihrem Vize zu bekommen und mit meinem Kollegen in dem Rettungskreuzer. Das ist wichtiger.« Phil sah, wie sich das faltige Gesicht des Sheriffs spannte. Schnell fügte er deshalb hinzu: »Und noch etwas. Sehen Sie zu, daß Sie die State Police oder eine Station der Marine erreichen. Vielleicht schicken die Marineflieger einen Hubschrauber, sowie der Hurrikan abflaut. Selbst wenn sich der Arzt durchschlagen kann, muß der Mann dort immer noch ins Krankenhaus. Und zwar rasch. Selbst wenn der Sturm bald nachläßt, wird die Straße nicht vor morgen passierbar sein. Okay?«

Leroy nickte langsam. »Ich tue, was ich kann. Verlassen Sie sich darauf.«

»Bleiben Sie im Wagen. Ich melde mich von Ihrem Office aus, sowie ich unten bin.«

Phil rannte los. Geduckt lief er über den Hof, die Straße bis zur Kreuzung hinab und tauchte dann zwischen den Bäumen unter. Genau wie Dave Frazer vor einer knappen Stunde folgte auch Phil seitlich dem Kammweg. Wo es ging, legte er einige Yard in leichtem Trab zurück, dann kletterte er über dicke Äste, umgestürzte Bäume, watete durch wassergefüllte Rinnen. Der Sturm fegte durch Zweige und Gebüsch und trieb den Regen wie scharfe Sandkörner vor sich her.

Phil dachte nicht an den Gangster, der ins Dorf geflohen sein mußte. Er achtete nicht auf die Hindernisse, die den Weg erschwerten. Verbissen verfolgte er sein Ziel: das Dorf und den Arzt, den er heraufbringen mußte.

Als Phil schätzte, die halbe Strecke geschafft zu haben, legte er eine kurze Pause ein. An einem Baumstamm gelehnt wartete er, bis sich sein pfeifender Atem etwas beruhigt hatte. Dann lief er weiter durch den heulenden Sturm. Einmal krachte unmittelbar vor ihm ein großer Ast nieder und bohrte sich in den weichen

Boden. Zweige wischten über ihn hinweg und zerkratzten sein Gesicht. Unbeirrt und ohne sich aufhalten zu lassen, umrundete Phil das Hindernis und trabte weiter, nur weiter. Der Weg senkte sich ab, der Wald lichtete sich. Dort, wo vor wenigen Stunden noch die See blauschimmernd zu sehen gewesen war, hingen jetzt düstere, graue Schleier. Trümmer wirbelten durch die Luft. Eine Tür flog hoch, stieg auf wie ein Windvogel auf den abgeernteten Feldern im Herbst, drehte sich und stürzte dann mit atemberaubender Geschwindigkeit nieder auf die Dächer der Häuser.

Phil trat unter den Bäumen hervor. Das Dorf lag vor ihm. Der kleine Platz und die beiden Straßen, die er einsehen konnte, waren menschenleer. Die meisten Häuser hatten die Rolladen oder Fensterläden geschlossen, die anderen waren mit Brettern vernagelt. Balken, Dachziegel, Teile von Gartenlauben und Fernsehantennen lagen auf den Straßen, hin und her gezerrt von den Böen, die um die Häuser pfiffen. In einer Senke der Straße, die zum Strand hinunterführte, hatte sich Wasser angesammelt, und mitten in dem vom Sturm gepeitschten Tümpel schwamm ein Kaninchenstall, mit dem Maschendraht nach oben. Phil glaubte, eine Bewegung hinter den Maschen zu erkennen.

Phil hielt den Helm fest und stürmte los. Er rannte zwischen den Trümmern her, suchte an einer Hauswand Schutz vor dem jagenden Wind und raste dann quer über den Platz auf das Gebäude der Sheriff-Station zu. Mit einem schnellen Blick nach oben bemerkte er, daß die hohe Funkantenne nicht mehr auf dem Dach stand.

Phil stürmte in das Haus und drückte die Tür hinter sich zu. Durch die Pendeltür betrat er das Sheriff's Office. Jeff Quince, der Hilfssheriff, stand gebeugt an dem Tisch mit dem Funkgerät und arbeitete an einem langen, dünnen Rohr. Er sah auf.

»Wer sind Sie?« fragte er unfreundlich und wandte sich wieder dem Rohr zu. »Wenn Sie den Alten suchen, der ist nicht da. Ich weiß auch nicht, wo er steckt, und Zeit habe ich auch keine.«

»Wenn Sie Sheriff Leroy meinen sollten«, antwortete Phil, »können Sie ihn oben bei der Fischfabrik erreichen.«

Quince lachte wiehernd. »Erreichen ist gut, wirklich gut. Wie denn?«

Er schob eine schlanke Stahlrute in das Rohr und keilte sie mit Holzsplittern fest. »Was tut der Alte denn da oben?«

»Er versucht, Hilfe zu bekommen. Im Sanitätsraum der Fabrik liegt ein Verletzter. Gehirnerschütterung. Der Arzt muß schnellstens rauf.«

Quince packte das Rohr und ging auf die Tür zu. »Der Doc hat hier unten alle Hände voll zu tun.« Er blieb stehen und sah Phil feindselig an. »Wir haben ein Kind, dem ein Balken über die Beine gefallen ist, einen alten Mann mit einem Herzanfall, eine Frau, die in den Wehen liegt, und noch ein paar Leute, um die der Doc sich kümmern muß. Er kann nicht weg.« Quince stieß die Pendeltür auf. »Ich muß die Notantenne aufstellen.« Er ließ die Tür hinter sich zufallen.

Phil nahm eine Rolle Scotchband vom Schreibtisch und folgte dem Hilfssheriff. Quince stemmte sich mit vorgebeugten Schultern gegen den Wind und ging auf einen Pfahl zu, der früher einmal Bestandteil eines Zauns gewesen sein mochte. Prüfend rüttelte er an dem Pfosten. Phil trat neben ihn. Gemeinsam stellten sie das Rohr auf und wühlten es mit kreisenden Bewegungen unmittelbar neben dem Pfahl in den Boden. Quince schnitt mit einer Zange ein Stück Draht von einer Kabelrolle ab und befestigte damit das Rohr an dem Pfosten. Phil wickelte noch einige Lagen Klebeband darum. Jetzt schloß Quince den Draht an ein von der

Stahlrute herabhängendes Kabel an und rollte die Litze ab. Rückwärts schritt er auf das Haus zu.

»Wir brauchen nämlich selber Hilfe«, brüllte er gegen den Sturm, die Unterhaltung von vorher wieder aufnehmend. »Und mit dem ganzen Mist muß ich jetzt allein fertig werden.«

Als sie wieder im Haus waren und Quince den Antennendraht an das Funkgerät anschloß, fragte Phil: »Wo finde ich den Arzt?«

Quince richtete sich auf. Böse funkelte er Phil an. »Der Doc bleibt hier, verstanden?«

»Ich will mit ihm reden«, antwortete Phil ruhig. »Also?« Gelassen erwiderte er den Blick des Hilfssheriffs, der mit hängenden Armen vor ihm stand. »Der Geldtransporter ist nämlich überfallen worden«, fügte er beiläufig hinzu, »vielleicht haben Sie noch nichts davon gehört.«

Quince atmete plötzlich heftiger, sein Blick flackerte. »Was sagen Sie da? Überfallen? Wann?« Erregt wischte er sich mit der Hand durch das nasse Haar. »Um zwei? Als die Sirene heulte?«

»Ja. Einer der Männer aus dem Transporter wurde schwer verletzt. Die Gangster sind entkommen.«

»Aber wie denn? Da ging doch der Sturm los! Hier ist keiner durchgekommen, ich war fast die ganze Zeit seitdem auf der Straße.«

»Zwei sind mit einem Boot abgehauen, der andere muß zu Fuß hier heruntergekommen sein.«

Quince wirbelte herum und riß eine Schublade auf. Er zerrte einen großen Revolvergurt hervor. In der Halfter steckte eine schwere Polizeiwaffe. Mit geschmeidigen Bewegungen legte er den Gurt um, rückte die Revolvertasche zurecht und zog den Revolver. Er klappte die Trommel auf, prüfte die Kammern und schloß die Waffe wieder.

»Er muß noch hier sein«, sagte er. »Die Straße nach

Crescent Beach ist fortgespült, verstehen Sie?« Erregt funkelte er Phil an. »Er muß also irgendwo hier stecken. Ich werde ihn kriegen, verlassen Sie sich darauf.« Quince wollte aus dem Haus stürmen.

»Stop«, sagte Phil leise. »Machen Sie erst das Funkgerät klar. Das ist wichtiger.«

»Wichtiger?« höhnte Quince. »Ein Gangster versteckt sich in Willow's Point, und Sie wollen mir sagen, was wichtig ist? Mir, dem amtierenden Sheriff?«

»Sheriff Leroy ist im Dienst«, entgegnete Phil scharf. »Holen Sie sich Ihre Anweisungen von ihm.«

Langsam breitete sich ein triumphierendes Grinsen auf dem langen Gesicht aus. Quince lehnte sich gegen die Wand und verschränkte gemächlich die Arme vor der Brust. »Machen Sie mal einen Vorschlag. Telefonieren vielleicht, he?«

»Nein, aber über Sprechfunk. Der Sheriff wartet. Stellen Sie endlich das Ding an.«

Das Grinsen verschwand. »Wollen Sie mich auf den Arm nehmen?« Plötzlich kniff Quince die Lider zusammen, die Arme sanken herab, und wachsam beobachtete er Phil. »Vielleicht sind Sie einer der Gangster, ja? Probieren einen Trick? Nicht mit mir. Wer sind Sie?«

Phil griff in die Brusttasche. Quinces Hand zuckte zum Revolver.

Phil zog seine Hand wieder hervor und klappte langsam das Etui mit der ID-Card auf. »FBI«, sagte er gelassen. »Ich heiße Phil Decker. Wußten Sie nicht, daß wir hier sind?«

Quince schüttelte den Kopf. »Nicht so schnell. Und ich dachte, bei dem Sturm kommen Sie nicht mehr. Der Alte hat irgendwas von Gangstern gesagt, die er gesehen haben wollte . . .«

»Und Sie haben ihm nicht geglaubt. Dachten, der ist ja doch verkalkt und bildet sich etwas ein.« Phil sah, wie sich das Gesicht des Hilfssheriffs rötete. Dann ließ

Quince sich vor dem Funkgerät nieder und schaltete es ein. »Ich kann den Sheriff über Sprechfunk erreichen?« fragte er.

»Über FBI-Welle. Unser Streifenwagen steht im Fabrikhof.«

Quince drehte an der Abstimmung und drückte dann die Ruftaste. »Sheriffstation Willow's Point«, sagte er in das Mikrofon. »Bitte melden.«

Aus dem Lautsprecher drang helles Rauschen, und dann hörten die Männer leise und weit entfernt Sheriff Leroys Stimme.

»Quince?« fragte er. »Wie sieht es aus? Kommen Sie zurecht?«

»Alles okay, Chef. Ein paar abgedeckte Dächer und einige Verletzte, aber im Moment ist die Situation nicht bedrohlich.«

»Ist der G-man bei Ihnen?«

»Er steht neben mir.«

»Wo steckt Doc Strudwick? Er wird hier gebraucht.«

»Nichts zu machen, Chef. Der Doc kann hier nicht so lange weg. Der Kleine von Neil Goring hat beide Beine gebrochen, und Mrs. Connay liegt beim Doc im Sprechzimmer. Es wird 'ne schwere Geburt, meint der Doc.«

Eine Weile hörte man nur das Rauschen aus dem Gerät, dann meldete sich der Sheriff wieder. »Dann müssen wir eben warten«, sagte er schwer, »auf den Hubschrauber. Ich habe eben mit der Leitstelle der Marineflieger gesprochen. Sie schicken einen Copter, sowie der Sturm etwas abflaut. Und noch etwas. Sagen Sie dem G-man, ich kann seinen Kollegen nicht erreichen. Wahrscheinlich hat er sein Funkgerät nicht eingeschaltet. Ende.«

Phil lauschte dem Heulen des Hurrikans, der an dem Rolladen vor dem Fenster tobte. Quince stand auf. »Und nun?« fragte er. »Wir können nichts tun, Sir. Bestimmt nicht. Wir sind abgeschnitten.«

Phil nickte und schwieg.

»Der Gangster –« Quinces Haltung spannte sich wieder, »suchen wir ihn doch! Er muß hier irgendwo stecken!«

Phil sah auf die Uhr. Es war Viertel nach fünf. Wie lange tobte der Hurrikan schon? Phil versuchte, sich zu erinnern. Es schien so lange her. Dabei waren gerade drei Stunden vergangen. Phil nickte langsam. Lieber etwas tun, als hier untätig zu warten. Wer weiß, was der Gangster inzwischen anstellte.

»Überlegen Sie mal«, forderte er Quince auf. »Der Gangster ist zu Fuß gewesen. Vermutlich kam er über die Straße bis zum Rand des Ortes. Wohin wird er gegangen sein?«

Quince wischte mit dem Handrücken über die Nase und zog die hohe Stirn in Falten. »Wann war das?« fragte er.

»Schätzungsweise drei Uhr, vielleicht auch Viertel nach. Kaum später.«

»Da waren wir noch alle draußen«, überlegte Quince laut. »Die Häuser verrammeln, verstehen Sie?« Nachdenklich fuhr er fort: »Wir haben natürlich alle nicht auf Fremde geachtet, aber ich wette, daß kein fremdes Gesicht hier durchgekommen ist.« Bekräftigend schüttelte er den Kopf. »Ein paar Familien aus den Strandhäusern haben irgendwo im Dorf Schutz gesucht, die meisten sitzen in der Fischerbar. Aber ein einzelner? Nein, nein.«

Phil ließ dem Mann Zeit. Quince kannte sich hier aus, er nicht.

»Für eine Flucht über den Sound oder die Bucht war es schon zu spät«, meinte der Hilfssheriff. Plötzlich ruckte sein Kopf hoch. »Adam Shingler!« rief er erregt. »Natürlich! Adam ist heute nicht zur Arbeit gegangen, das weiß ich.«

»Shingler?« fragte Phil. »Wer ist das?«

»Adam ist Buchhalter in der Fabrik. Sein Chef hat angerufen, das muß so kurz vor zwei gewesen sein. Ich sollte mal nach ihm sehen, weil er nicht zur Arbeit gekommen ist, und er sollte den Tresorschlüssel raufbringen. Weil das Geld ja kam.« Quince kniff die Lider zusammen und stieß einen leisen Pfiff aus. »Adam Shingler«, flüsterte er versonnen. »Sieh mal an!« Ein Gedanke schien in seinem Kopf zu entstehen. »Deshalb ist kein Fremder hier durchgekommen. Auf Adam hat natürlich niemand geachtet!«

»Was ist mit diesem Shingler?« fragte Phil. Er liebte es nicht, wenn andere Ideen entwickelten und ihn verständnislos zusehen ließen.

»Shingler spielt«, berichtete Quince genüßlich, »er hat Schulden bei jedem hier im Ort. Adam, Adam«, grinste er.

»Na, na«, meinte Phil warnend. »Der Verdacht ist reichlich vage. Waren Sie bei ihm, nachdem die Leute von der Fabrik angerufen hatten?«

Quince schüttelte den Kopf. »Eben nicht. Da ging der Hurrikan los, und ich hatte alle Hände voll zu tun.« Quince reckte sich und rückte an dem Revolvergurt. »Kommen Sie mit? Ich gehe zu ihm. Adam wird bestimmt einiges zu erzählen haben.« Quinces Augen funkelten wieder. Er witterte ein Wild.

Hintereinander verließen sie das Haus. Phil schlug den Kragen seiner ohnehin durchnäßten Jacke hoch. Eilig liefen die beiden Mäner über den Platz auf die Einmündung der schmalen Gasse zu, die zum Strand hinunterführte. Die Böen, die ihnen entgegenjagten, nahmen ihnen den Atem. In dem Tümpel schwamm immer noch der Kaninchenstall. Phil sprang ins Wasser und zerrte den Kasten an den Rand. Auf dem nassen Stroh kauerten zwei Kaninchen und blickten unruhig und ängstlich nach oben.

Quince war vor einem Haus stehengeblieben. Mit

der Faust schlug er gegen die Tür. Phil lief zu ihm und wartete dann. Nichts rührte sich. Quince probierte den Drehknauf der Tür. Als sie sich öffnen ließ, legte der Hilfssheriff seine Rechte auf den Kolben seiner Waffe. Eine Bö packte die Tür und schlug sie nach innen. Leicht gebeugt, in wachsamer Haltung, trat Quince über die Schwelle. Phil folgte ihm. In den zwei kleinen Räumen im Erdgeschoß war niemand. Phil stand bereits an der Treppe, die zum Obergeschoß hinaufführte. Eilig lief er die Stufen hinauf, dicht gefolgt von Quince, der die Situation offenbar in der Hand behalten wollte. Rasch stieß Phil die drei Türen auf. Eine führte ins Badezimmer, die anderen in zwei winzige Kammern mit je zwei Betten. Offenbar vermietete Shingler an Sommergäste. Alle Räume waren leer.

Quince schnaufte enttäuscht und blickte etwas ratlos umher. Dann verzog er das lange Gesicht zu einem grimmigen Grinsen. Mit dem nassen Haar über der faltigen Stirn sah er wie ein Jagdhund aus, dem man eine erlegte Wachtel aus den Fängen gerissen hatte.

»Ich suche ihn, und ich werde ihn finden«, verkündete er gereizt. Und verdrossen fragte er: »Wollen Sie mit?« Die Frage klang nicht nach einer Aufforderung. Der Hilfssheriff wollte sein Wild allein zur Strecke bringen. Was Phil sogar verstehen konnte. Denn wann bot sich dem Hilfssheriff von Willow's Point schon mal die Gelegenheit, einen Verbrecher fangen zu können?

Aber Phil seufzte. Natürlich mußte er mit. Quince war wie ein unruhiger Jagdhund. Wie ein Jagdhund, dem lange kein Wild mehr vor die Nase gekommen war. Und solche Hunde sind gefährlich.

Alles um mich herum war grau und dunkel, und mein Gehirn schien in Watte gepackt zu sein. Ich fühlte mich leer, ausgepumpt, schwerelos – es war gar nicht so unangenehm. Ganz langsam begannen meine Sinne wieder zu arbeiten. Zuerst spürte ich den salzigen Geschmack auf meinen spröden Lippen und dann den Sand zwischen den Zähnen. Behutsam ließ ich meine Blicke wandern. Ich schien in einer flachen Mulde zu liegen, denn ich hörte wohl das Brausen des Sturms, aber den Wind spürte ich nicht. Langsam richtete ich mich auf, um meinen Horizont zu erweitern. Mein Hemd klebte naß und kalt auf der Haut, fröstelnd zog ich die Schultern zusammen.

»Willkommen auf Robinsons Insel«, sagte die dunkle Stimme, die ich schon einmal gehört hatte. Mühsam drehte ich meinen Kopf. Zuerst sah ich niemanden, weil mir das Regenwasser über die Augen lief. Aber als ich die Lider zusammenkniff, bemerkte ich einen Mann, einen jungen Burschen.

Ich starrte in die Mündung einer großen Pistole, die unbeweglich auf mich gerichtet war. Eine schlanke Hand umklammerte den schweren Kolben der Waffe. Mein Blick wanderte aufwärts und fiel in zwei große, leuchtendblaue Kinderaugen, die mich aufgeregt anstarrten. Der Bursche hatte ein Kindergesicht und den Ausdruck eines leicht Schwachsinnigen. Aus Erfahrung wußte ich, wie gefährlich eine Schußwaffe in der Hand eines solchen Menschen werden kann.

Vorsichtig drehte ich den Kopf. Hinter mir hockte noch ein Mann im nassen Sand. Auch er hielt eine Waffe in seiner Hand – sie kam mir bekannt vor. Ich tastete zu meiner Schulterhalfter. Ohne Verwunderung stellte ich fest, daß mein Smith & Wesson fehlte. Ich bemerkte ein flüchtiges Lächeln auf den schmalen Lippen. Der Mann mochte etwa mittelgroß sein. Er hatte schwarze Haare und einen leicht düsteren Ausdruck in den Augen, und die Erschöpfung zeigte sich deutlich in den tiefen Falten um den Mund. Das Hemd hing in Fetzen an dem kräftigen Oberkörper. Er trug eine dunkelblaue Hose, die formlos an seinen Beinen klebte. Die Füße steckten in durchlöcherten Socken – die Schuhe schien er verloren zu haben. Der Mann war Frank Capello. Ganz offensichtlich hatte er in den letzten Stunden einiges mitgemacht, aber er wirkte gelassen und energiegeladen.

Ich setzte mich ganz auf und sah den Gangster gleichmütig an. »Fein, daß Sie es geschafft haben, Mr. Capello«, sagte ich. Wenn der Gangster überrascht war, hatte er sich gut in der Gewalt. Er zuckte mit keinem Muskel. Wahrscheinlich hatte er den ersten Schock schon hinter sich, als er den Polizeirevolver in meiner Schulterhalfter erkannt hatte.

Capello verzog die Lippen wieder zu einem Lächeln, das sich diesmal bis zu den Augen hin ausbreitete. »Aber die Karten sind neu gemischt, wie?«

Ich nickte, weil sich diese Tatsache kaum abstreiten ließ. Und falls ich Trümpfe im Spiel hatte, mußte ich meine Karten erst einmal in Ruhe sortieren.

»Was sind Sie eigentlich für einer?« fragte Capello ruhig. »G-man, nehme ich an?«

»Special Agent.«

»Sieh mal an, ein G-man.« Er nickte versonnen. »Ihr jagt mich ja schon seit einigen Monaten.« Dann sah er mich leicht belustigt an. »Aber wissen Sie was? Ob Sie es glauben oder nicht, ich habe noch keinen G-man gesehen!«

»Wir tragen unsere Marke schließlich nicht am Rockaufschlag.«

»Sicher, sicher. Wie nennt man Sie eigentlich? Mr. G-man? Oder Mr. Special Agent?«

»Einfach Mister. Ich heiße Cotton.« Der Dialog erschien mir irgendwie absurd. Über uns heulte der Hurrikan und trieb den Regen in die Mulde, und ich starrte auf einer wahrscheinlich menschenleeren Insel in die Mündung meines eigenen Revolvers. Langsam stand ich auf und drückte prüfend die Knie durch. Meine Beine schmerzten zwar noch, aber ich biß die Zähne zusammen.

Capello beobachtete mich aufmerksam. Als der Junge mir seine Waffe in den Rücken bohrte, winkte Capello ab. Sofort verschwand der Druck in der Nierengegend.

»Setzen Sie sich wieder hin, G-man«, sagte Capello schließlich. »Und damit das gleich klar ist: Im Moment bestimme nur ich, was hier getan wird.« Er hob den Revolver etwas an. »Die nötige Autorität dazu habe ich.«

Jetzt erst bemerkte ich die Geldsäcke, die hinter Capello lagen.

Es schienen vier Stück zu sein. »Wer ist das da?« fragte ich und wies mit dem Kopf in die Richtung des Burschen, der das Interesse an mir verloren zu haben schien und nur noch mit seinem Colt spielte.

»Ich kann mir nicht vorstellen, daß Sie auf diese Frage wirklich eine Antwort erwarten!«

»Ihre Verschwiegenheit hat wenig Sinn. Den Namen Ihres Partners erfahre ich innerhalb von zwanzig Minuten, wenn ich wieder auf dem Festland bin. Ich habe ein gutes Gedächtnis für Gesichter, und meine Kollegen im FBI-Archiv werden es mit Leichtigkeit identifizieren!«

»Stop!« zischte Capello leise. »Seien Sie vorsichtiger.«

Ich sah den jungen Burschen an. Er musterte mich jetzt aus tückisch zusammengekniffenen Augen. Die Pistole lag unbeweglich in seiner Faust. Ich fühlte mich plötzlich noch unbehaglicher als zuvor.

»Sie haben keine Chance«, sagte ich zu Capello. »Alle Polizeidienststellen sind alarmiert. Sowie der Sturm abflaut, holt man uns hier runter.«

Capello lächelte. »Machen Sie sich nicht lächerlich. Die haben anderes zu tun. Oben, auf dem Hügel, in einem kleinen Schuppen, liegt ein Ruderboot – gehört wohl einem Fischer. Mit dem Kahn paddeln wir in die Freiheit. Der da und ich.«

Sowie das Wetter es zuließ, würde Phil nach mir suchen, das wußte ich. Aber diesen Trumpf wollte ich im Ärmel behalten. Der Gangster hatte recht, die Polizeibehörden hatten Wichtigeres zu tun, als nach mir und den Gangstern zu suchen – aber Phil würde kommen.

Ich setzte mich wieder hin und dachte nach. Ich lauschte dem Heulen des Sturms, und es schien mir, als ob das Brausen nachließ. Der Regen fiel jetzt gleichmäßiger, und die Luft war nicht mehr so grau. Allmählich wurde der Himmel heller. Ich sah auf die Uhr. Es war zehn Minuten vor sechs.

Auch Capello schien die Veränderung bemerkt zu haben. Er stand auf und kroch den Hang hinauf. Der junge Bursche beobachtete mich wachsam. Ich hatte gegen ihn und seinen Colt keine Chance. Capello richtete sich plötzlich hoch auf und spähte gebannt nach Osten. Dann drehte er sich ruckartig um und lief den Abhang herab. Er schob meinen Smith & Wesson in den Bund seiner Hose und raffte die Geldsäcke zusammen. »Los, auf«, rief er seinem Partner zu. »Unser Schiff ist da!«

Der junge Bursche starrte Capello mit offenem Mund an. »He?« fragte er. »Wer ist da?«

»Frag nicht so dämlich. Pack die Säcke und zieh ab!«

Der Junge rappelte sich eilig auf und warf sich die zusammengebundenen Säcke über die Schulter. Capello richtete den Revolver auf mich.

»Ich lege Sie nicht um«, sagte er. »Ist nicht nötig. Mein Vorsprung ist groß genug.«

»Wie großzügig«, spottete ich.

»Nicht wahr? Als Gegenleistung geben Sie mir Ihre Schuhe. Der Weg zum Strand ist steinig.«

Schweigend streifte ich die Halbschuhe ab. Ich warf

dem Gangster zuerst den linken hin, er fiel knapp vor seine Füße. Mit dem anderen zielte ich etwas genauer und legte meine ganze Kraft in den Wurf.

Der Schuh knallte mit der Sohle gegen Capellos rechtes Knie. Der Gangster zuckte kurz zusammen und ließ für den Bruchteil einer Sekunde die Waffe etwas sinken.

Ich schleuderte eine Handvoll Sand in Capellos Gesicht und sprang gleichzeitig auf. Ich stieß mich ab und warf mich mit einem Hechtsprung in die Richtung des Gangsters. Capello trat hastig einen Schritt zurück und riß die Waffe hoch. Ich fiel über ihn, packte mit beiden Händen das Hemd, Stoff riß. Mit den Armen umklammerte ich die Beine des Gangsters und zog sie mit einem wilden Ruck zu mir heran. Capello ruderte mit den Armen und stürzte dann. Ich knallte meine Handkante auf seinen rechten Arm und hoffte, daß er den Smith & Wesson loslassen mußte.

Aber dann traf ein hartes Knie meinen Unterleib, und zwei Finger bohrten sich in meine Augen. Ich riß den Kopf zurück und schlug blind mit der Faust zu. Einmal traf ich den Sand, einmal ein Kinn, dann krachte ein harter Schlag gegen meinen Hals. Capello warf mich mit einer plötzlichen, ruckartigen Drehung ab. Und dann war er über mir.

Ich sah wirbelnde Fäuste, mit Sand panierte Knöchel ratschten durch mein Gesicht. Ich krümmte mich zusammen und stemmte mich hoch. Mit einem ausgestreckten Arm hielt ich mir den Gangster vom Leib. Als ich auf den Knien war, teilte ich ein paar Schwinger aus. Ein Hieb traf Capello in der Herzgegend. Nach Luft schnappend taumelte der Gangster zurück.

Ich sah meinen Revolver im Sand liegen und warf mich auf die Waffe. Capello schrie heiser: »Dix! Dix!« Dann stürzte er sich wieder auf mich. Verbissen rammte er mir harte Schläge gegen die Rippen. Ich bäumte mich auf, den Revolver fest umklammert. Es gelang mir, meinen Gegner abzuschütteln. Ich warf den Oberkörper herum und wollte die Waffe auf Capello richten, als ein mörderischer Schlag hinter meinem linken Ohr explodierte. Kraftlos fiel ich zusammen.

Ich blieb bei Bewußtsein, aber meine Muskeln gehorchten mir nicht mehr.

»Soll ich ihn umlegen?« hörte ich eine eifrige Stimme fragen.

»Hau ab!« knurrte Capello. Ich konnte sehen, wie der Gangster meine Schuhe überzog. Als er mich ansah, bemerkte ich Blut, das von einer Stirnwunde über sein Auge lief. »Sie haben große Füße, G-man«, sagte er und lächelte wahrhaftig wieder. Dann ging er mit schleppenden Schritten weg und verschwand aus meinem Gesichtskreis.

Ich krümmte die Finger meiner rechten Hand und spürte Widerstand. Ich hatte meinen Revolver, stellte ich erleichtert fest. Irgendwie gab mir diese Tasache meine Kraft zurück.

Auf allen vieren kroch ich auf den Rand der Mulde zu. Meine Arme und Beine knickten zwar einige Male ein, aber ich schaffte es. Oben blies der Wind in mein Gesicht, als ich über den Rand spähte. Die frische Brise tat mir gut.

Dann sah ich die beiden Gangster. Sie gingen gerade über den Strand, etwa dreihundert Yard entfernt, auf eine kleine Bucht zu, die von einer schmalen, felsigen Landzunge gebildet wurde. Und in der Bucht lag eine große, schneeweiße Yacht, die langsam in den kurzen Wellen schaukelte.

Mir fielen Capellos Worte wieder ein. Unser Schiff ist da, hatte er gesagt. Unser Schiff? Ihr Schiff? dachte ich verwundert. Sollten noch mehr Leute an dem Raub beteiligt gewesen sein? Zweihunderttausend Dollar lohnten schon einigen Aufwand. Aber das Schiff da draußen war kein Bötchen für Amateure. Das war eine Hunderttausend-Dollar-Yacht, das war mir klar.

Und dann fiel mir die zweite Möglichkeit für die Anwesenheit der Yacht ein. Der Kapitän hatte in der einigermaßen windgeschützten Bucht Schutz vor dem Sturm gesucht. Wenn diese Annahme stimmte, standen der Besatzung und den Passagieren unangenehme Stunden bevor. Wesentlich rauhere Stunden als die Zeit im Sturm.

Ich streckte den Arm mit meinem Revolver aus und zielte auf eine der beiden Gestalten, die über den Strand auf das Schiff zuliefen und immer kleiner wurden und kaum noch zu erkennen waren. Ich spürte den Sand zwischen meinen Fingern und dem Metall der Waffe und ließ den Arm wieder sinken. Meine Kanone war versandet wie eine ungewaschene Miesmuschel. Ein gezielter Schuß war so oder so unmöglich. Die Gangster waren schon zu weit entfernt. Ich blickte in den Lauf des Smith & Wesson. Das Ding war voll Sand. Seufzend schob ich den Revolver in die Schulterhalfter und stand auf. Mit zusammengebissenen Zähnen, humpelnd und mit schmerzendem Schädel machte ich mich an die Verfolgung der Gangster. Ich mußte wenigstens das Schiff von nahem sehen.

Das Heulen des Sturmes nahm wieder zu. Mit voller Wucht jagten die Böen von der See heran und trieben mir peitschend den Regen ins Gesicht. Mit gesenktem Kopf kämpfte ich mich über spitze Steine, die meine Strümpfe zerrissen. Als ich einmal den Kopf hob, war alles wieder grau und dunkel. Aufgewühlte Wasserschleier hatten die Yacht verschluckt. Verbissen stapfte ich jetzt durch den nassen, weichen Sand und hoffte, die Richtung nicht zu verlieren.

McGaw hing schlapp in einem der Ledersessel des kleinen Salons und sah elend aus. Sein rundes Gesicht hatte eine teigige Färbung angenommen. Einer seiner Arme baumelte kraftlos über der Lehne herab und pendelte schlaff mit den Bewegungen der Yacht hin und her.

Ihm gegenüber lag ein Girl, nur mit knapp sitzendem Bikini bekleidet, in den tiefen Polstern der Couch. Das lange schwarze Haar hing ihr wirr über das Gesicht. Sie hatte einen Arm auf den Leib gepreßt und wimmerte leise vor sich hin. Außer der Schwarzhaarigen befand sich nur noch ein weiteres Mädchen, ein blondes, schlankes Girl von kaum zwanzig Jahren, in dem Salon. Sie trug einen blauen Bademantel. Mit gebeugten Knien stand sie an der Bar und betrachtete aus ausdruckslosen Augen die beiden anderen Menschen. Die anderen Girls hatten es vorgezogen, in ihren Kabinen mit ihrem Elend allein zu bleiben.

Die Yacht rollte in kurzen, harten Stößen. Den tiefen Teppich auf dem Boden bedeckten zerbrochene Gläser, ein Shaker, eine silberne Eisschale, leere Zigarettenschachteln und Flaschen. Eine leere Whiskyflasche rollte hin und her und klickte monoton gegen eins der festgeschraubten Beine des niedrigen Klubtisches. Über dem kleinen Raum hing der penetrante Gestank von Erbrochenem, kaltem Rauch und verschütteten Getränken.

Das Mädchen an der Bar hieß Nancy Pemberton. Sie spürte das Nachlassen der harten Rollbewegungen des Schiffes zuerst in ihren Beinen, mit denen sie das Schlingern mechanisch ausglich. Dann fiel ihr auf, daß die Flasche unregelmäßiger rollte, für eine Sekunde mitten auf dem Teppich liegenblieb, träge auf den Tisch zukollerte und nur noch gelegentlich leise gegen den Tischfuß stieß.

Nancy atmete vorsichtig auf. Sie hoffte, das Schlimmste überstanden zu haben. Sie sah zu McGaw hinüber, der immer noch wie leblos in seinem Sessel hing. Langsam ging sie zu ihm hin und nahm seine Hand, die sich kalt und feucht anfühlte. »He, Mac«, sagte sie.

McGaw hob müde die schweren Lider und blinzelte das Girl abwesend an. Dann erst schien er sie zu erkennen. Er schloß die Augen wieder und stöhnte gequält.

»Soll ich dir einen Drink machen?« fragte Nancy.

McGaw stöhnte noch heftiger. Nancy ging mit wiegenden Schritten hinüber und mischte rasch und geschickt einen Cocktail in einem heilgebliebenen Shaker und verteilte das fertige Gemisch auf zwei Gläser. Mit den Drinks in den Händen balancierte sie zu McGaw und drückte ihm ein Glas in die Hand.

»Hier, trink das«, sagte sie ruhig. »Es wird dir guttun.« Sie setzte ihr Glas an die Lippen und trank in kleinen, vorsichtigen Schlucken. Auch McGaw nippte an seinem Drink, verzog aber das Gesicht zu einer Grimasse, als der erste Schluck seinen Magen erreichte. Hastig stellte er das Glas ab und lehnte sich zurück. Er hatte wieder die Augen geschlossen und atmete mit offenem Mund.

Nancy beobachtete McGaw. Ihr Blick tastete den Mann ab, versuchte, in den schlaffen Zügen irgend etwas zu entdecken, das es ihr erleichtert hätte, McGaws Forderungen zu erfüllen. Sie dachte an seine gierigen Hände, die bei jeder Gelegenheit über ihren Körper zu streichen versuchten, und an die weichen Lippen, die sie hatten küssen wollen. Und sie dachte an die Karriere, die vor ihr liegen könnte, wenn sie freundlicher zu ihm gewesen wäre.

Nancy Pemberton war Realistin. Sie nahm McGaws Annäherungsversuche hin als etwas Unvermeidliches, etwa so wie die Prozente, die ihr Agent eines Tages kassiern würde, wenn sie es geschafft hatte. Nur hatte McGaw seine Prozente zu hoch angesetzt, dachte

Nancy sachlich. Ohne Bedauern stellte sie fest, daß sie mit ihrer Karriere nicht weitergekommen war. Vier Tage verloren, was soll's? Besser auf diesem Schiff die Zeit vertrödelt als in den staubigen Vorzimmern dubioser Modellagenturen.

Als ihr Blick auf die Schwarzhaarige auf der Couch fiel, lächelte sie. Judy war da ganz anders. Nancy zweifelte nicht daran, das Girl in Kürze öfters auf dem Bildschirm bewundern zu können.

Plötzlich spürte Nancy das Vibrieren der schweren Maschine unter ihren Füßen.

Die Yacht schlingerte wieder heftiger, die beiden Deckenlampen flackerten einmal kurz, brannten dann aber gleichmäßig weiter. Unwillkürlich sah sie zu den Bullaugen hinüber; aber die Scheiben waren wegen des Hurrikans mit massiven gußeisernen Klappen geschlossen.

McGaw hob den Kopf. »Was ist los?« fragte er matt.

Nancy zuckte mit den Achseln. »Die Maschine läuft. Wahrscheinlich fahren wir weiter.«

»Nein, nein«, sagte McGaw hastig. »Sag Kelly Bescheid. Er soll hierbleiben, bis alles vorbei ist.«

Nancy nahm den Hörer des Wandtelefons ab und drückte die weiße Taste. Dann lauschte sie. Als sich niemand meldete, hing sie den Hörer zurück. »Der Kapitän wird zu tun haben«, meinte sie.

»Dann geh rauf«, krächzte McGaw. »Ich will, daß wir hier liegenbleiben. Los, sag ihm das, dem gottverdammten Bastard von einem abgewrackten Kapitän.«

»Wie du meinst«, antwortete Nancy kühl. »Ich werde Kapitän Kelly den Befehl überbringen.« Sie mochte die ruhige Art des Kapitäns, der sein Handwerk verstand. Sie hatte während des kurzen Trips mehr Zeit im Steuersalon verbracht als unten bei McGaw und den anderen Girls. Und sie hatte das Gefühl, daß Kelly auch sie mochte. Und sie hatte Mitleid mit dem Mann, der sich von McGaw herumstoßen ließ wie ein kleiner dummer Junge.

Sie verließ den Salon und stieg die Stufen zum Steuersalon hinauf. Als sie den verglasten Kommandoraum betrat, blieb sie eine Sekunde lang erschrocken in der Tür stehen. Der höhergelegene Raum schwankte heftig hin und her, der Sturm drückte heulend gegen die Scheiben und schüttete dichte Wasserschleier über das Glas. Der vordere Scheibenwischer lief und schnitt für Sekundenbruchteile eine klare Fläche heraus und gab den Blick frei auf die graue, aufgewühlte Wasserfläche draußen.

Kapitän Kelly stand mit gebeugtem Oberkörper an der vorderen Windschutzscheibe und schien angestrengt nach draußen zu starren. »Halbe Kraft«, sagte er ruhig. »Zwei Strich Backbord.«

Der Steuermann führte den Befehl aus. Sein Gesicht war angespannt. Krampfhaft hielt er das Steuerruder.

»Und jetzt . . .« Kellys Stimme klang gepreßt, »Ankerwinde auf!«

Der Steuermann legte einen Hebel herum. Das Brummen der Ankerwinde war bei dem Sturm nicht zu hören, aber Nancy spürte, wie sich die Yacht nach Steuerbord neigte, wie sie sich weiter überlegte und wie die See am Rumpf gegen den Zug der Ankerwinde zerrte. Dann richtete das Schiff sich plötzlich auf und schwankte heftig.

»Zwei Strich backbord«, befahl Kelly. »Halbe Kraft.«

Nancy konnte die langsame Fahrt nur fühlen, zu sehen war nichts, woran sie hätte merken können, daß die RED SUSAN Fahrt machte.

Der Kapitän starrte nach draußen. Seine angespannte Haltung ließ vermuten, daß er alle Sinne zusammennehmen mußte.

»Mr.Kelly«, begann Nancy behutsam, »Mr. Kelly!«

Kelly rührte sich nicht, er schien Nancys Stimme gar

nicht gehört zu haben. Nancy versuchte es noch einmal.

»Wir sollen nicht auslaufen«, sagte sie etwas lauter. »Mr. McGaw läßt Ihnen ausrichten . . .«

Kellys Kopf ruckte plötzlich herum, sein Gesicht war rot angelaufen.

»Warum sagt der Kerl mir das nicht selber?« brüllte er. »Soll er doch raufkommen! Sagen Sie ihm das!« Kelly wandte sich wieder um. »Maschine stop!« rief er dann.

Die Yacht zitterte leicht, als der Steuermann den Gashebel herumwarf. Eine Bö drückte die RED SUSAN schwer nach backbord über, und dann knirschte etwas, der Boden unter Nancys Füßen hob sich ruckartig, und dann lag das Schiff still, zu still. Kapitän Kelly drehte sich um.

»Schauen Sie«, sagte er und trat einen Schritt zur Seite. Nancy stellte sich neben den Kapitän und spähte nach draußen. Sie sah den dichten Vorhang aus Wasser, erkannte schäumende, weißgekrönte Wellenkämme aus der Steuerbordseite und backbord etwas Helles. Sand! Sie waren aufgelaufen. Oder hatte der Kapitän das Schiff etwa mit Absicht auf Grund gesetzt, weil er Schlimmes befürchtete? Aber dann wußte sie Bescheid. Sie erkannte plötzlich zwei Gestalten, die sich kaum von der grauen Umgebung abhoben. Zwei Männer standen da draußen und winkten heftig. Stumm sah Nancy den Kapitän an.

Kelly nickte nur und öffnete die Seitentür, die auf das Deck hinausführte. Er schlüpfte hindurch und zog sie hinter sich zu.

Eine Minute später flog die Tür wieder auf. In einem Wirbel aus Nässe und Wind polterten zwei Männer in den engen Kommandostand, gefolgt von dem Kapitän.

Frank Capellos Blick fiel über die Instrumente und dann auf Nancy, wo er für einige Sekunden haften blieb. Dix Hawthorn grinste dümmlich und schüttelte das Wasser von den Säcken, die er mit einer Faust gepackt hielt.

»Ich zeige Ihnen eine Kabine«, sagte Kelly und öffnete die Tür zum Niedergang. Er gab den beiden Männern den Weg frei und forderte sie mit einer Handbewegung auf, voranzugehen.

Capello hob langsam seinen rechten Fuß, holte aus und trat mit voller Wucht gegen das leichte Holz der Tür.

Mit einem lauten Knall krachte die Tür ins Schloß. Nancy zuckte erschrocken zusammen.

»Gib die Kanone her«, sagte Capello und streckte die Hand aus. Dix zog den Colt und reichte ihm seinem Partner.

Capello richtete die Waffe auf Kelly, die Mündung zeigte auf dessen Schläfe.

»Wenn Sie der Kapitän von diesem Dampfer sind, dann machen Sie den Kahn mal ganz schnell flott. Wir müssen nämlich weg von hier, verstehen Sie?«

Nancy begriff die Situatin sofort, vielleicht noch schneller als der Kapitän. Kelly starrte den Gangster stumm an, die Lippen hatte er zusammengepreßt, und sein breiter Nacken rötete sich langsam. Trotz der verschiedenen Geräusche, die der Sturm erzeugte, hörte Nancy deutlich die schweren Atemzüge des Kapitäns. Nancy hielt sich am Kartentisch fest und rührte sich nicht.

Mark Kelly strich mit einer unendlich müde wirkenden Geste über sein borstiges Haar und drehte sich langsam um. Durch die Frontscheibe spähte er nach draußen. »Volle Kraft zurück«, befahl er.

Der Steuermann, ein unauffälliger junger Mann, legte den Ganghebel herum und gab Gas. Das Schiff vibrierte, zitterte dann heftig, Glas klirrte. Die RED SUSAN schien sich etwas zu heben, das Dröhnen der Maschinen nahm zu. Dann ging ein kräftiger Ruck durch den Schiffsleib, und die Yacht begann zu schaukeln.

»Steuerbord«, sagte Kelly.

Der Steuermann führte den Befehl aus. Der Sturm packte das Schiff, die Böen trafen es mit voller Wucht breitseits. Die Yacht legte sich nach backbord über, und plötzlich lag der Boden schräg in einem Winkel von fünfundvierzig Grad. Dix verlor den Halt, er taumelte und fiel dann gegen Nancy. Erschrocken wich das Mädchen aus, rutschte über den schrägen Boden auf den anderen Gangster zu. Capello lachte und fing sie auf. Mit hartem Griff faßte er sie am Oberarm. Nancy stöhnte unter der Berührung und versuchte, sich loszureißen. Als es ihr nicht sofort gelang, schlug sie wild auf Capello ein. Ihre kleine Faust traf den Gangster ins Gesicht und erwischte eine empfindliche Stelle neben der Nase.

Wütend packte der Gangster Nancy mit der einen Hand am Aufschlag ihres Bademantels und stieß sie mit der anderen von sich. Der Mantel klaffte auf, als Nancy zurückgeworfen wurde. Sie fiel hart gegen den Kartentisch. Ihr Gesicht verzerrte sich vor Schmerz. Der Mantel stand offen und enthüllte zwischen den Teilen des winzigen Bikinis ihren hervorragend gebauten Körper und glatte, gleichmäßig braune Haut.

Frank Capello und Dix Hawthorn starrten sie an. Dix grinste blöde dabei. Capellos Lippen öffneten sich leicht, und seine Augen schlossen sich zu schmalen Schlitzen. Seine Umwelt schien er vergessen zu haben.

Nancy kam sich nackt vor unter diesem Blick, nackter, als wenn sie gar nichts angehabt hätte. Aber sie widerstand dem Impuls, hastig den Mantel zuzuzerren. Langsam, fast gleichgültig, zog sie den leichten Bademantel über ihre Schultern und knotete den Gürtel zu.

Mark Kelly hatte die Situation erfaßt, und er versuchte, den Gangster abzulenken. Er sagte sachlich:

»Der Hurrikan flaut ab, aber ich glaube nicht, daß wir zu diesem Zeitpunkt draußen eine Chance haben.«

Capello riß sich vom Anblick des Girls los und sah den Kapitän an. »Und warum nicht?« fragte er herausfordernd.

»Die See geht noch zu hoch«, antwortete Kelly ruhig. »Es wird noch Stunden dauern . . .«

Capello hob den Revolver. »Wir fahren. Wenn nicht, brenne ich dem Girl ein Loch in den Pelz.« Lauernd beobachtete er den Kapitän. »Ist das Ihre Tochter?«

Kelly schüttelte stumm den Kopf.

»Etwa Ihr Girl, he? Mit so 'nem Dampfer kann man sich doch jedes Weib leisten.«

In dem Moment schnarrte das Telefon an der Rückwand des Ruderstandes. Capello fuhr herum.

»Was bedeutet das?«

Kelly ging die wenigen Schritte zu dem Apparat hinüber und nahm den Hörer ab. »Das wird der Eigner sein«, sagte er zu Capello und nahm dann die Sprechmuschel. Dann lauschte er, und seine Züge verfinsterten sich. »Kommen Sie bitte herauf. Ich muß abfahren.« Wieder hörte er mit verschlossenem Gesicht zu und versuchte gelegentlich, selbst etwas zu sagen. »Ich muß, verstehen Sie doch . . . kommen Sie bitte herauf . . .« Dann legte er einfach auf und ging wieder zu seinem Beobachtungsstand, von dem aus er auch den Schirm des Radargerätes im Auge hatte. Der Steuermann hatte das befohlene Manöver beendet. Die RED SUSAN lag jetzt genau im Wind, ihr Bug zeigte in den offenen Sound hinaus.

»Wo wollen Sie denn hin?« fragte Kelly den Gangster.

»Egal. Irgendwo aufs Festland, wo der Wind nicht so bläst. Und ein kleiner Ort sollte schon in der Nähe sein, und eine Straße natürlich auch.«

Kelly knurrte etwas Unverständliches und verstummte dann. Er schien angestrengt nachzudenken.

Und Kelly dachte nach. Der Sturm stellte keine großen Anforderungen an die Yacht mehr, und auch die Wellen würden ihr nicht übermäßig zusetzen. Einerseits wollte er die Gangster natürlich schnell loswerden, aber andererseits wollte er versuchen, sie der Polizei in die Hände zu spielen. Aber das würde kaum an der von dem Hurrikan verwüsteten Neuenglandküste möglich sein. Dort hatte die Polizei alle Hände voll zu tun und würde sich kaum unter einem Vorwand auf das Schiff bestellen lassen.

Kelly drehte sich um und schaltete das Funkgerät ein.

»Was soll das?« protestierte Capello.

»Ich brauche einen Wetterbericht«, entgegnete Kelly, ohne den Gangster anzusehen.

»Machen Sie keine Mätzchen«, drohte Capello. Mißtrauisch betrachtete er das große Funkgerät, das auch über eine Funkpeileinrichtung verfügte.

»Ich könnte Sie irgendwo an der Küste absetzen«, sagte Kelly. »Aber dort wird alles verwüstet sein. Die Straßen sind überflutet, die Anlegestellen zerstört . . .«

»Was schlagen Sie vor?«

»Wir befinden uns hier auf der Länge von New London. Das Zentrum des Hurrikans zieht nach Südosten ab. Wir folgen der Küste bis etwa Bridgeport, dort ist es ruhig, der Sturm ist nämlich nur bis kurz vor New Haven gekommen. Sie können dann in Bridgeport aussteigen oder mit uns nach Long Island fahren, nach Centerport. Das ist der Heimathafen dieser Yacht.«

»Wo ist das?«

»Östlich von Huntington, etwa dreißig Meilen bis Manhattan.« Gespannt wartete Kelly auf die Reaktion des Gangsters. Manhattan war der Köder. Würde der Mann anbeißen?

»Also los«, sagte Capello. »Erst mal Richtung Bridgeport.«

Kelly erkannte, daß der Gangster sich nicht so leicht

übertölpeln lassen würde. Aber Kelly wußte auch, daß die Chance, schnell nach Manhattan kommen zu können, einen unwiderstehlichen Reiz für den Gangster darstellen mußte. Zufrieden lauschte er dem Funksprechverkehr zwischen den Wetterstationen und den Einsatzkommandos der Nationalgarde und der Marine.

»Westsüdwest«, befahl der Kapitän, »halbe Kraft.«

Der Blick des Steuermanns hing an dem großen Kreiselkompaß. Er gab behutsam Gas und brachte das Schiff dann auf den befohlenen Kurs. Unter dem Druck der beiden starken Motoren stampfte die Yacht in die graue Wand aus Wasser und Wind hinaus.

Nancy löste sich von dem Kartentisch. Der ältere der beiden Gangster stand neben dem Kapitän und beobachtete wachsam alles, was im Ruderhaus vor sich ging. Nur das Girl schien er nicht zu beachten. Nancy ging ruhig auf die Tür zum Niedergang zu und öffnete sie. Aber bevor sie den Raum verlassen konnte, wirbelte Capello herum, warf sich gegen die Tür und schmetterte sie ins Schloß. Wieder packte er den Arm des Girls und schleuderte es gegen den Kartentisch. Wütend funkelte er Nancy an.

»Du bleibst hier, du kleine Katze«, fauchte er. Wild sah er sich um. »Niemand verläßt diesen Raum!« brüllte er dann. Mit dem Revolver stieß er Kelly an. »Wieviel Leute sind an Bord?«

»Außer uns der Eigner, noch zwei Matrosen und fünf junge Damen.«

Capello grinste. »Fünf Girls? Von ihrem Kaliber?« Er musterte Nancy. »Das gibt eine lustige Reise! Was, Dix?«

Dix Hawthorn nickte eifrig und grinste ebenfalls.

»Wo steckt der andere Matrose?« fragte Capello dann.

»Unten, im Maschinenraum. Er hält dort Notwache. Das ist so üblich.«

»Und der Chef von diesem Eimer?«

»Mr. McGaw befindet sich im kleinen Salon, soviel ich weiß. Ich nehme an, daß er dort bleiben wird.« Jetzt erst drehte Kelly sich um. Ruhig sah er den Gangster an. »Von mir und den anderen Leuten an Bord droht Ihnen keine Gefahr, wenn Sie sich anständig benehmen. Aber wenn Sie Miß Pemberton noch einmal zu nahe kommen, öffne ich die Flutventile und setze die Yacht auf Grund.« Die Stimme des Kapitäns hatte gleichmäßig, fast leise geklungen. Aber seine Worte wirkten dadurch nur um so stärker. Nancy sah ihn dankbar an.

Capello nickte gleichmütig. »Okay, Käpt'n.« Er musterte das Girl und grinste leicht, dann verschleierte sich sein Blick. Erst mal aus dem Sturm rauskommen, dachte er. Dann war immer noch Zeit ...

Erst trat ich mit dem Fuß auf einen eklig spitzen Stein, dann knallte ich mit den Zehen gegen einen anderen. Ich fluchte leise vor mich hin. Aber ich fühlte mich einfach zu schlapp, zu ausgepumpt, um besser auf meinen Weg zu achten. Ich stolperte einfach daher und hoffte, die Yacht in der Bucht zu finden.

Es regnete jetzt stärker. Wie ein dichter Vorhang strömte der Regen herab, peitschte in mein Gesicht und nahm mir den Atem. Ich hatte das Gefühl, im Kreis herumzulaufen. Eben noch hatte ich Sand unter den schmerzenden Füßen gehabt, jetzt waren es wieder Steine. Das bedeutete, daß ich mich wieder vom Strand entfernte.

Ich wechselte die Richtung. Unterwegs zog ich meinen Smith & Wesson und klappte die Trommel heraus. Der Sand zwischen den beweglichen Metallteilen knirschte häßlich. Ich schüttelte die Patronen aus den Kammern und steckte sie in meine Hosentasche. Ich riß ein Stück von meinem Hemd ab und begann, die Waffe zu putzen.

Plötzlich lief ich durch Wasser. Ich glaubte schon das Ufer erreicht zu haben. Aber ich watete nur durch eine wassergefüllte Mulde. Ich bückte mich und spülte den Revolver durch. Unwillkürlich mußte ich grinsen. Wenn einer der FBI-Waffentechniker mich bei dieser Tätigkeit beobachten könnte, würde er sofort meine unehrenhafte Entlassung fordern.

Ich prüfte die Waffe. Der Hahn ließ sich durchziehen, ohne zu knirschen. Ich peilte durch den Lauf und konnte kein Sandkörnchen entdecken. Rasch wischte ich die Patronen mit einem anderen Fetzen meines Hemdes notdürftig trocken und schob sie wieder in die Kammern. Dann hastete ich weiter.

Wieder spülte Wasser um meine Füße, plätscherte zunächst sanft bis zu den Knöcheln, aber dann rollte eine Woge heran, und der Schaum der Wellen leckte an den Beinen hoch. Ich hörte das Rauschen einer heranstürmenden Welle und wich zurück. Jetzt konnte ich der Wasserlinie nach Osten folgen, wo ich die Yacht vermutete.

Und dann hörte ich sie. Ich vernahm das mahlende Geräusch einer Schraube, die Wasser aufwühlte, und dann das Dröhnen schwerer Schiffsmotoren. Ich rannte los, das seichte Wasser der kleinen Bucht spritzte um meine Beine. Das Geräusch der Schiffsschraube veränderte sich, wurde dumpfer, Wasser gurgelte. Ich erkannte den hellen Umriß der großen Yacht vor mir, als eine Sturmbö die Wasserschleier zerriß. Unter dem Heck des Schiffes quirlte die Hecksee vor.

Ich lief auf die Yacht zu. Meine Schritte wurden langsamer, als das Wasser stieg. Einmal stolperte ich und fiel, tauchte unter. Als ich wieder hochkam, machte die Yacht schon schnellere Fahrt. Mit schäumender Bugwelle lief sie aus der Bucht. Ich schätzte die Entfernung auf gut einhundertfünfzig Yard und gab die Verfolgung auf.

Meine Augen tasteten den weißen Rumpf ab. Dunkel hob sich eine Reihe von Buchstaben und Zahlen von dem hellen Untergrund des Hecks ab. Meine Augen waren fast blind von dem Salzwasser, aber ich brachte den Sinn eines Wortes zusammen, bevor das Schiff im Dunst verschwamm. Ich erkannte ein Wort, das mir bekannt vorkam: Centerport.

Centerport war ein bekannter Yachthafen auf der Nordseite von Long Island, nicht allzuweit von New York entfernt. Der Ort lag am Ende eines langen Sounds und war nur durch die Bays von Huntingtonund Nordporth zu erreichen.

Wütend knirschte ich mit den Zähnen. Ich mußte von dieser verdammten Insel herunterkommen und die Küstenwache alarmieren und die Polizeistationen der Häfen auf Long Island. Ich sah auf die Uhr. Es waren zwei Minuten vor halb sieben.

Langsam watete ich aus dem Wasser. Wenn der Sturm nicht bald nachließ, stand mir eine lausige und nasse Nacht auf der Insel bevor. Ich lauschte auf das Heulen des Hurrikans. Der Wind ging jetzt gleichmäßig, die Böen strichen nur noch matt von der See her über die Insel. Wie lange dauerte der Hurrikan schon? Seit gut vier Stunden. Es konnte einfach nicht mehr lange dauern. Ich hoffte es wenigstens. Ich beschloß, das Boot zu suchen, von dem Capello gesprochen hatte.

Phil lief in dem engen Sheriff's Office hin und her. Zur Barriere, zum fest verrammelten Fenster und zurück. Quince hatte sich im Sessel des Sheriffs hinter dessen Schreibtisch niedergelassen und starrte teilnahmslos vor sich hin.

Der Sturm fauchte ums Haus und rüttelte an der Tür und dem Rolladen vor dem einzigen Fenster. In dem Raum roch es muffig nach Staub und altem Bohnerwachs. Vor einer halben Stunde hatte Phil noch einmal mit Sheriff Leroy über Funk gesprochen. Der Zustand des Verletzten in der Fabrik hatte sich nicht verschlechtert, was unter den gegebenen Umständen eine gute Nachricht war. Vorher hatte Phil mit Doktor Strudwick gesprochen. Der Doc hatte fest versprochen, so rasch wie möglich zur Fabrik raufzukommen. Aber er hatte auch gefragt wie, und darauf hatte Phil keine Antwort gewußt. Phil war jedoch immer noch fest entschlossen, den Arzt hinaufzubringen, egal wie.

Aber jetzt zermürbten ihn die Ungewißheit und die Tatenlosigkeit immer mehr. Phil blieb stehen, fischte eine zerdrückte Zigarettenschachtel aus seiner Hosentasche und hielt sie dem Hilfssheriff hin. Quince nahm schweigend eine Zigarette und gab Feuer.

»Was hat er für eine Chance?« fragte Phil. »Was glauben Sie?«

»Wer?« erkundigte sich Quince.

»Mein Kollege«, antwortete Phil ungeduldig. »Sie kennen doch diese Rettungsboote . . . Vielleicht ist er zurück, ist irgendwo gelandet . . .«

Quince zog langsam die knochigen Schultern hoch und sah Phil kurz an. »Möglich«, meinte er dann. »Aber wir müssen abwarten.«

»Warten, warten, verdammt noch mal!« Phil schwieg plötzlich und neigte lauschend den Kopf. »Hören Sie es auch? Ich glaube, der Sturm läßt nach.«

»Noch eine halbe Stunde, dann ist das Schlimmste vorbei.«

»Ich muß raus, solange es noch hell ist«, sagte Phil. »Kommen Sie mit?«

Quince schüttelte bedächtig den Kopf. »Es hat noch keinen Zweck, Mr. Decker. Warten Sie noch etwas, dann trommele ich die Männer zusammen. Wenn wir das Ufer planmäßig absuchen, finden wir Ihren Kollegen – wenn er da ist.«

Phil zögerte eine Sekunde, dann drückte er die Zigarette aus und ging zur Pendeltür, die in den Flur hinausführte. »Ich muß raus«, sagte er verbissen. »Hier drinnen ersticke ich.« In dem Moment bewegte sich die Pendeltür kurz, und Phil hörte das Heulen einer Sturmbö. Im nächsten Augenblick flog einer der Flügel auf, und der Arzt betrat das Office.

Doktor Strudwick war ein hagerer Mann von gut fünfzig Jahren. Er steckte in einem langen, fleckigen Trenchcoat, den Kragen hatte er hochgeschlagen. Den schmalen Kopf bedeckte ein unförmiger, uralter Filzhut. Von der Krempe tropfte das Wasser. An den Füßen trug er hohe Gummistiefel.

Strudwick nahm den Hut ab und wischte sich erschöpft über das Gesicht. »Der kleine Goring ist versorgt«, berichtete er, zu Quince gewandt, »und Mrs. Connay hat einen Sohn.« Er blickte Phil an. »Wenn Sie wollen, kann ich mich jetzt um den Mann in der Fabrik kümmern.«

Phil nickte dankbar. Er nahm seinen Helm vom Tisch neben dem Funkgerät und wandte sich zur Tür. »Sagen Sie dem Sheriff Bescheid«, rief er Quince zu. »In ein, zwei Stunden sind wir oben.«

»Sie könnten versuchen, ein Stück zu fahren«, sagte der Hilfssheriff. »Bis zum Aussichtsparkplatz müßten Sie durchkommen, das ist der halbe Weg.«

»Haben Sie einen Wagen?« fragte Doc Strudwick. »Meiner steht in der Einfahrt zu meinem Haus und ist eingekeilt. Ein Telefonmast und ein Baum.«

Quince runzelte nachdenklich die Stirn. In Gedanken ging er die Wagen der Einwohner von Willow's Point durch. »Sie brauchten einen Jeep oder einen Landrover«, meinte er dann. »Der von Sam Orchard ist in Crescent Beach in der Werkstatt, und die anderen gehören den Fischern und stehen in der Fischersiedlung, das hat keinen Sinn.« Dann stand Quince unvermittelt auf und griff nach seiner Jacke, die auf dem Schreibtisch lag. »Kommen Sie, ich hab' einen«, sagte er. »Scott Millard wird nichts dagegen haben, wenn wir seinen benutzen. Dient ja einem guten Zweck.« Der Hilfssheriff stürmte zur Tür. Phil und der Doc folgten ihm.

Die Männer liefen durch den Regen, stemmten sich gegen den Wind. Quince bog nach rechts in die Gasse ab, die zum Strand hinunterführte.

»Scott Millard hat einen Landrover in seinem Schuppen stehen«, schrie der Hilfssheriff dem Doc zu.

Strudwick antwortete nicht.

Er kannte Millard gut. Scott Millard war Rechtsanwalt und wohnte in Norwich. Millard hatte ein Haus am Strand, in dem er regelmäßig seine Wochenenden verbrachte.

Der Uferweg war schlammbedeckt und aufgeweicht. Eins der leichten Sommerhäuser hatte der Sturm von seinem Fundament gerissen, es lag schief im Vorgarten. Zwei oder drei andere hatten keine Dächer mehr. Die Zäune vor den Grundstücken waren umgerissen. Man sah deutlich, daß vor kurzem die Brecher bis zum Hang hinauf geschlagen sein mußten.

Während sie sich vorwärts kämpften, bückten sich Phil und Quince regelmäßig und warfen Trümmer zur Seite – Latten, eine ganze Tür, einen Mülleimer, mehrere Gartenstühle.

Quince verließ den schmalen Weg und stapfte durch knöcheltiefen Schlick auf einen Schuppen zu, der massiv aussah und den Sturm gut überstanden hatte. Das Steinhaus daneben zeigte ebenfalls keine Schäden.

Vor dem Tor des Schuppens blieb Quince stehen und betrachtete das Schloß. Dann sah er Phil an. »Ich glaube, wir sollten die Tür einfach aufreißen.«

»Okay«, nickte Phil und tastete mit seinen Fingern nach der Fuge zwischen den beiden Türflügeln. Auch Quince packte das Holz. Dann nickte er. Gemeinsam und ruckartig zerrten die beiden Männer an der Tür. Sie gab ein Stück nach, aber das Holz hielt.

»Noch mal«, keuchte Phil. Mit dem Fuß stemmte er sich gegen den anderen Flügel ab und zog mit aller Kraft. Das Holz ächzte, dann krachte es, die Tür flog auf. Phil taumelte und stolperte kurz. Das rettete ihm das Leben.

Aus der dunklen Öffnung blitzte es plötzlich hervor. Die Männer begriffen zunächst nicht, daß das Schüsse waren, Schüsse aus einem schweren Revolver. Erst nach dem dritten oder vierten nahm Phil die gedämpft klingenden Detonationen wahr, die durch den lärmenden Sturm kaum zu hören waren. Er preßte sich in den Schlamm und angelte gleichzeitig nach seiner Waffe. Er sah nach dem Doc, doch der war vorläufig hinter der Tür, die seinen Körper verdeckte, in Sicherheit. Phil riß seinen Smith & Wesson heraus, als sein Blick auf Quince fiel. Der Hilfssheriff stand plötzlich steif vor der gähnenden Öffnung, stellte sich unendlich langsam auf die Zehenspitzen und kippte dann kerzengerade nach hinten hinüber.

Ich stapfte vom Strand weg, watete durch knietiefe Pfützen, planschte durch wassergefüllte Mulden und tastete mich vorsichtig mit meinen zerschundenen Füßen zwischen Steinen und Geröll hindurch. Obwohl die Sturmwolken sich etwas zu lichten schienen, wurde es jetzt langsam dunkler.

Ich stolperte einen flachen Hang hinauf und sah mich um. Vor mir erstreckte sich eine grasbewachsene steile Böschung. Ich kletterte hinauf, hielt mich an Büscheln von Ginster und Strandhafer fest, während das scharfe Gras mir die letzten Reste der Socken zerschnitt. Als ich oben war, sah ich die Hütte sofort – oder das, was von ihr übrig war. Dunkel und vor Nässe glänzend lagen die geteerten Wände in einem wirren Haufen übereinander. Das Dach, nur noch an der stumpfgrauen Farbe der Dachpappe zu erkennen, war ein Stück den Abhang hinuntergerutscht. Der Schuppen befand sich an der linken Seite des Hügels. Dort mußte Westen sein, wenn mich nicht alles täuschte.

Ich erkannte jetzt sturmgepeitschte Wellen mit weißen Schaumkronen, die gegen den Strand rollten. Das Festland, das ich dahinter vermutete, war noch hinter dicken Dunstschleiern verborgen. Wie weit mochte es bis zur Halbinsel von Willow's Point sein? Ich hatte vor meiner überstürzten Abfahrt keine Karte gesehen, und als ich schon unterwegs war, hatte ich jedes Gefühl für Entfernungen verloren. Ich erinnerte mich nur, beim Mittagessen eine Insel gesehen zu haben, eine kleine Insel, die südöstlich der Landspitze von Willow's Point lag. Wenn ich auf dieser Insel war, konnte das Festland nicht weiter als eine halbe Meile entfernt sein.

Ich lief zu der Hütte hinüber. Mein Mund war ausgedörrt, die Kehle schmerzte vom vielen Salzwasser. Plötzlich fiel mir ein, daß ich seit heute mittag nichts mehr getrunken hatte und für die nächsten Stunden wahrscheinlich nichts zu erwarten hatte. Bei diesem Gedanken überfiel mich der Durst wie eine ansteckende Krankheit. Ich leckte mir das Regenwasser von den aufgesprungenen Lippen und warf den Kopf in den Nacken, um von dem herabströmenden Regen etwas aufzufangen. Aber alles, was ich erwischte, schmeckte salzig. Also schloß ich den Mund wieder. So schlimm kann dein Durst noch nicht sein, sagte ich laut vor mich hin.

Als ich die Trümmer des Schuppens erreichte, vergaß ich den Durst sofort. Ich zerrte einen Balken zur Seite und konnte dann eine ganze Seitenwand packen und wegschieben. Die Wand rutschte mir aus der Hand und glitt über das nasse, glitschige Gras den Abhang hinunter. Rasch legte ich den Boden der Hütte frei. Unter der Giebelwand entdeckte ich das Boot. Es war ein großes, schwerfälliges, kastenförmiges Ding mit stumpfem Bug und hoher Bordwand. Und es schien unversehrt zu sein. Mit viel Mühe schob und zerrte ich es ins Freie. Zwei lange Riemen lagen in dem Boot unter alten Netzen und Hummerreusen. Ich warf alles heraus, was ich nicht brauchen konnte. Im stillen hoffte ich, etwas Trinkbares zu entdecken, aber ich wurde enttäuscht. Kein Wasserkanister, nicht einmal eine Whiskyflasche mit einem winzigen Tropfen am Boden.

Ich durchsuchte das Gerümpel unter den Trümmern der Hütte. Ich fand zwar auch hier nichts zu trinken, aber etwas anderes, das für mich ebenso wertvoll war. In einer Kiste entdeckte ich eine alze Schwimmweste. Der gummierte Überzug sah brüchig aus, aber für die kurze Reise, die ich so bald wie möglich antreten wollte, würde sie reichen. Ich warf sie in das Boot.

Der Kahn war bestimmt seit langem nicht mehr benutzt worden. Das Holz war ausgetrocknet, obwohl es so stark regnete, und es sog das Wasser auf wie ein Schwamm. Und das Pech in den Fugen war spröde wie Glas und bröckelte weg wie trockener Lehm. Ich war froh, daß es immer noch stark regnete, weil das Wasser die Planken aufquellen lassen und vielleicht dichten würde.

Dann wuchtete ich das schwere Boot den Abhang hinunter. Das Holz kisterte und knackte, aber ich hörte nicht hin. Ich mußte mir selbst helfen. Mit Phil konnte ich so schnell nicht rechnen, überlegte ich. Die See ging immer noch ziemlich hoch, und alle Boote, die auf der Halbinsel von Willow's Point verfügbar waren, lagen in dem kleinen Fischer- und Yachthafen am äußersten Ende der Halbinsel. Wenn mein Freund sich ins Dorf durchgeschlagen hatte, würde er Mühe haben, zum Hafen zu gelangen. Der Weg dorthin mußte verwüstet sein, und die Boote waren wahrscheinlich zerstört oder hatten sich losgerissen. Unbewußt nickte ich mir zu. Ich mußte einfach versuchen, die Insel mit eigener Kraft zu verlassen. Hilfe hätte ich hier vor morgen früh nicht zu erwarten. Ich hatte nicht einmal trockene Streichhölzer, mit denen ich ein Signalfeuer anzünden könnte. Von trockenem Papier oder Holz ganz zu schweigen. Nur das Boot war trocken, obwohl sich auf dem Boden langsam eine schwappende Lache bildete.

Ich hatte den Kahn den Abhang hinuntergeschoben und ließ mich keuchend daneben in den Sand fallen. Das schwerste Stück Weg lag noch vor mir. Etwa zweihundert Yard über Sand und Steine ohne Gefälle. Besorgt betrachtete ich das Wasser, das sich in dem Boot ansammelte. Ich würde etwas zum Schöpfen brauchen, wenn ich erst einmal unterwegs war. Ich rappelte mich also auf und trottete wieder die Böschung hinauf. Unter dem Gerümpel des Schuppens hatte ich leere Konservendosen und einen alten Marmeladen- oder Fischeimer gesehen. Ich durchsuchte den Plunder, den ich kurz zuvor achtlos zur Seite geworfen hatte, bis ich den verbeulten, offenen Blecheimer wiederfand. Zufrieden trabte ich zu dem Kahn zurück.

Um Kräfte zu sparen, ging ich jetzt methodisch vor. Ich suchte einen Weg zum Ufer, der möglichst eben und glatt war, und warf alle größeren Steinbrocken zur Seite. Dann schob und zog ich das Boot über den Strand.

Der Strand hier war flach und sandig, anders als der Strand auf der Seeseite von Willow's Point, wo das Ufer felsig war und steil abfiel. Ich mußte das Boot ein Stück ins Wasser schieben, ehe es von der Dünung erfaßt und angehoben wurde.

Ich stand bis zum Bauch im Wasser und hielt den Kahn mit aller Kraft fest. Die Wellen zerrten an dem unförmigen Boot. Mißtrauisch sah ich hinein. Das Holz war rauh und an verschiedenen Stellen zersplittert, aber ich entdeckte kein Leck.

Als ich eine hohe Welle heranrauschen hörte und sie dann auch sah, schwang ich mich rasch über die hohe Bordwand, zog die Ruder an mich und steckte sie auf die Zapfen. Die Woge rollte heran und hob das Boot an. Im ersten Moment befürchtete ich schon, auf den Strand zurückgeworfen zu werden, aber mit dem ablaufenden Wasser schaukelte der Kahn hinaus. Ich setzte mich auf der harten Ruderbank zurecht und tauchte die Riemen ein. Ich zog ein paarmal kräftig durch, um von der Insel abzukommen. Es ging besser, als ich gedacht hatte. Der Wind blies ziemlich gleichmäßig von Osten her, und weil das Boot hoch auf dem Wasser lag, unterstützte der Wind meine Anstrengungen. Die Linie zwischen Ufer und Wasser und Himmel verschwamm in der zunehmenden Dunkelheit und dem Dunst. Bald hörte ich nicht mehr das Rauschen der Wellen, die den Strand der Insel hinaufliefen. Außer dem gleichmäßigen Singen des Windes vernahm ich nur, wie die kurzen Wellen gegen den Bootsrumpf schlugen. Dieses fast sanfte Plätschern wiegte mich in Sicherheit.

Bald lief mir der Schweiß am Oberkörper herab. Ich ruderte kräftig, sorgfältig darauf bedacht, die starke Brise dauernd im Gesicht zu spüren. Je weiter ich mich von der Insel entfernte, desto höher hob die Dünung das Boot, ließ es in tiefe Wellentäler hinabgleiten, bis die grauen Wände der Wellen fast haushoch neben mir aufwuchsen. Und dann brach der erste Wellenkamm über mir zusammen. Es krachte, und von einer Sekunde zur anderen saß ich im Wasser.

Hastig raffte ich die Schwimmweste an mich, hielt die Riemen mit den Beinen fest und zog die Weste über. Dann nahm ich den Eimer, der auf dem Wasser schwamm, und begann wie ein Wilder zu schöpfen.

Das Boot lag jetzt tief und schwer im Wasser. Ich zog die Riemen ganz ein, weil ich den Kahn so doch nicht vorwärts bewegen konnte. Ich beglückwünschte mich im stillen dazu, einen so großen Eimer erwischt zu haben. Obwohl jetzt sogar schon kleinere Wellen über die Bordwände schwappten, schaffte ich es, mehr Wasser herauszuschöpfen als in das Boot hineinkam. Und wenn mich nicht alles täuschte, würde mich der Wind und die Wellen dem Festland zutreiben.

Ich fluchte laut, als wieder donnernd eine Woge neben mir zusammenbrach und das Boot wieder teilweise überschwemmte. Aber der Zweigalloneneimer bewährte sich. Langsam, aber sicher schöpfte ich das Wasser raus. Als es nur noch um meine Knöchel schwappte, steckte ich die Riemen wieder auf und ruderte mit aller Kraft weiter.

Rudern und Schöpfen wechselten sich regelmäßig ab. Ich arbeitete wie ein Roboter; jedes Gefühl für Zeit und Richtung war mir abhanden gekommen.

Dann rauschte eine schäumende Woge heran, packte das Boot und schob es vor sich her. Die nächste kam, weiß und glitzernd und hoch, Wasser brach über die Bordwand. Die Geräusche der See hatte sich geändert. Ich drückte die Riemen hoch und lauschte. Mit den Ohren verfolgte ich den Lauf einer Welle. Sie rauschte an mir vorüber und brach nach zwei oder drei Sekunden klatschend und gurgelnd zusammen, und dann hörte ich auch das gleichmäßige Brausen, das plötzlich in der Luft hing. Ich lief genau in eine Brandungszone hinein. Das konnte nur bedeuten, daß Land vor mir lag. Land!

Ich hielt die von der offenen See heranrollenden Wogen im Auge und tauchte die Ruderblätter wieder ein. Ich ließ mich von den Wellen hochheben, und, wenn die Woge unter mir war, zog ich die Riemen kräftig durch.

Der Kahn knirschte plötzlich über Grund. Ich ließ mich noch einmal hochheben, drückte das Boot hart auf den Kamm der Welle und ließ mich weitertreiben. Als die Woge brach, sprang ich heraus. Ich stand fast bis zum Bauch im Wasser. Ich warf mich seitlich in die schäumende Gischt, um nicht von dem Kahn erschlagen zu werden, und schwamm mit langsamen Zügen durch das flache Wasser auf den Strand zu. Als meine Knie über Steine schrammten, richtete ich mich vorsichtig auf und schwankte an Land. Ich lief und lief, meine Füße versanken in dem Schlamm, der von den Vorgärten der Sommerhäuser heruntergeschwemmt worden war. Einmal schlug ich lang hin, ich hatte nicht mehr die Kraft, den Sturz mit den Armen abzublocken. Mit dem Gesicht fiel ich in den Schlick und schmeckte den widerlichen Schlamm auf der Zunge. Ich wälzte mich mühsam auf den Rücken und blieb nach Luft schnappend liegen. Einige Sekunden lang sah ich den jagenden Wolken am Himmel zu, die im letzten Licht dieses verdämmernden Tages noch zu erkennen waren.

Ich drehte den Kopf. Schwach erkannte ich die Umrisse einiger niedriger Häuser, die dunkel vor der bewaldeten Anhöhe standen. Ich atmete auf. Ich mußte mich an der Südostseite der Halbinsel befinden, irgendwo zwischen dem Dorf und der Landspitze.

Ich zog meinen Revolver, fühlte mit dem Daumen am glatten Kolben entlang und spannte dann vorsichtig den Hahn. Das Geräusch der sich drehenden Trommel klang vertraut, glatt und geschmeidig. Kein Sand im Getriebe, dachte ich zufrieden. Ich richtete die Waffe zum Himmel hoch und zog durch.

Phil preßte sich lang auf dem schlammigen Boden und hoffte, daß er vom Schuppen her nicht zu erkennen war. Er sah zu Quince hinüber, der lang auf dem Rükken lag, die Arme ausgebreitet, und sich nicht rührte. Doc Strudwick kauerte hinter dem geöffneten Türflügel, der Regen tropfte von seinem Hut. Die schmalen Gesichtszüge wirkten zerknittert, niedergedrückt schaute er herüber und machte hilflose Gebärden mit den Händen. Phil schüttelte kurz den Kopf und richtete seinen Blick auf die dunkle Öffnung vor sich.

Wieder blitzte es auf, einmal, zweimal. Die Schüsse waren jetzt deutlicher zu hören. Phil hielt seinen Revolver mit beiden Händen und zog zweimal kurz hintereinander durch. Er hielt die Waffe hoch, mit seinen beiden Schüssen wollte er nur zeigen, daß er nicht wehrlos war. Er hörte einen erstickten Schrei. Hatte er doch jemanden getroffen? Gespannt lauschte er.

Als er nichts hörte, schrie er: »Kommen Sie raus! Waffen weg und Hände hoch!«

Nichts rührte sich. Nur der Wind rüttelte an dem offenen Türflügel, das Holz schlug gegen einen Stein oder einen Balken. Es klang nervenzermürbend.

»Rauskommen!« brüllte Phil. »Ich zähle bis drei, dann schieße ich!«

Wieder schrie jemand erschreckt auf. Dann vernahm Phil eine dünne, schrille Stimme: »Nicht schießen, Stan! Bitte, nicht schießen! Ich bin's, Adam!«

Phil wollte gerade zu zählen beginnen. Verblüfft hielt er inne. Dann begriff er. Adam Shingler war da drinnen. War er tatsächlich der Gangster, der ins Dorf geflohen war? Warum verbarg er sich dann in dem Schuppen?

»Haben Sie gehört?« rief plötzlich eine andere Stimme. »Ihr Freund Adam ist bei mir, Sheriff. Er ist gefesselt, und ich werde ihn als Schutzschild benutzen! Ziehen Sie ab, aber dalli, bevor dem Alten was zustößt!«

Phil spürte, wie sich sein Magen zusammenzog. Fieberhaft suchte er nach einem Ausweg. Nach einem

Ausweg für Shingler und Quince, der schnellstens Hilfe brauchte. Die Männer in dem Schuppen glaubten, er sei der Sheriff, was Phil für einen Vorteil hielt. Der Gangster mußte annehmen, es mit nur zwei Männern zu tun zu haben, den Doc hatte er bestimmt nicht gesehen. Okay, dachte Phil, ich serviere dir zwei Männer. Quince und den Doc. Der Gangster sollte überzeugt sein, freie Bahn zu haben.

»Okay!« rief er grimmig und hoffte, daß Shingler keinen Fehler machte, wenn er merken sollte, daß seine Stimme weder dem Sheriff noch Quince gehörte. »Sie sollen Ihre Chance haben. Ich werde den Verletzten bergen und mich neben das Haus zurückziehen.«

»Machen Sie schon!« dröhnte die Stimme aus der Dunkelheit. »Ich werde nicht schießen. Und Sie auch nicht! Ihr Freund Adam wird nämlich bei mir sein, wenn ich rauskomme.«

»Okay«, bestätigte Phil noch einmal. Er zog die Arme an und spannte die Muskeln. Hoffentlich sieht der Kerl mich nicht, dachte er. Fast erstaunt stellte er fest, daß es inzwischen dunkel geworden war. Blitzschnell rollte er sich nach rechts weg, glitt hinter die Tür und richtete sich neben dem Doc auf.

»Los, Doc«, zischte er. »Gehen Sie zu Quince und ziehen Sie ihn in Deckung. Dann können Sie sich gleich um ihn kümmern. Ich warte hier. Der Gangster rechnet nur mit zwei Männern und glaubt, die Situation in der Hand zu haben.«

Doc Strudwick sah Phil eine Sekunde lang stumm an. Dann nickte er und lief gebückt auf Quince zu. Phil hielt den Atem an. Mit dem Revolver in der Faust stand er sprungbereit da, entschlossen, beim ersten Schuß den Schuppen zu stürmen.

Phil sah den Schatten des Arztes, wie er neben dem Hilfssheriff kauerte. Dann packte der Doc den Verletzten unter den Armen und zog ihn behutsam weg. Langsam kam er an Phil vorbei, ohne ihm einen Blick zu schenken. Phil sah das Gesicht des Hilfssheriffs. Es sah bleich und eingefallen aus, die Augen hatte er geschlossen, die Arme und Beine rutschten kraftlos über den Boden.

An einer windgeschützten Stelle neben dem Haupthaus hielt der Doktor an, zog seinen Mantel aus und breitete ihn über den Verletzten. Daraus schloß Phil, daß Quince noch lebte. Er wandte jetzt seine ganze Aufmerksamkeit dem Schuppen zu. Er ging in die Hocke und wartete ab. Der Gangster mußte jeden Augenblick erscheinen.

Plötzlich hörte Phil ein helles Summen – das Mahlen eines Anlassers. Der Landrover, dachte Phil. Das Geräusch verstummte, als der Motor nicht gleich ansprang, kam wieder. Etwas schwächer und ungleichmäßiger als vorher und war dann kaum noch zu hören. Die Batterie schien schwach zu sein, wahrscheinlich war der Wagen lange nicht mehr gefahren worden. Dann tuckerte der Motor einmal kurz, erstarb wieder.

Eine Minute lang blieb es still. Phil bewunderte die Nerven des Gangsters, der der Batterie Zeit gab, sich zu erholen. Dann summte der Anlasser von neuem, und diesmal sprang der Motor nach einigen Sekunden an. Die Maschine heulte im Leerlauf ein paarmal auf, bis sie auch ohne Gas ruhig lief.

Phil schob seinen Smith & Wesson in die verschlammte Schulterhalfter. Für das, was er vorhatte, würde er beide Hände brauchen. Er hörte, wie die Drehzahl des Motors behutsam erhöht wurde. Der Wagen fuhr an.

Phil spannte alle Muskeln. Langsam schob sich die eckige Schnauze vor, die heruntergeklappte Windschutzscheibe erschien in Phils Blickfeld. Er hatte nicht damit gerechnet, daß der Gangster so langsam starten würde. Der Mann mußte jeden Augenblick an Phils

Seite erscheinen, wenn er hinter dem Steuer saß. Phil beschloß, den Gangster anzuspringen und aus dem offenen Wagen herauszureißen. Das Überraschungsmoment würde auf Phils Seite sein.

Aber plötzlich brüllte der Motor auf, der Landrover machte einen Satz und schoß über den schlammbedeckten Weg auf die Strandstraße zu. Jetzt war Phil überrascht und verlor eine wertvolle Sekunde. Er spurtete los, glitt aus, rannte gebückt weiter. Zwei Männer saßen auf den vorderen Sitzen des Wagens.

Das Fahrzeug schlingerte, das Heck brach aus. Phil sah, wie der Fahrer, offenbar ruhig und gelassen, das große Lenkrad drehte, und er hörte auch, wie der Mann durch Schalten und vorsichtiges Gasgeben den Wagen wieder unter Kontrolle brachte. Der Landrover trieb in einem kontrollierten Rutscher auf die schmale Straße zu. Die Räder wirbelten Schlamm auf, ein Brocken traf mitten in Phils Gesicht und nahm ihm für einen Moment die Sicht.

Aber Phil ließ sich nicht aufhalten. Der Wagen konnte nicht schnell fahren, und mit wenigen langen Sätzen hatte er ihn eingeholt. Seine ausgestreckten Finger berührten den Reservereifen, der hinten aufgeschraubt war, er faßte zu und krallte sich fest.

Der Landrover beschleunigte, und Phils Füße, die auf dem glatten Boden keinen Halt fanden, rutschten weg. Verbissen hielt und klammerte er sich fest und ließ sich von dem Wagen durch den Schlamm ziehen. Er schlang beide Arme um den Reifen und zog sich langsam näher heran. Er warf einen schnellen Blick über die hohe Rückwand. Der Fahrer war groß und wuchtig, leicht geduckt hockte er hinter dem Steuerrad, der Wind zerrte in seinen Haaren. Phil sah auch den Rückspiegel, der offenbar falsch eingestellt war. Für den Augenblick bestand keine Gefahr, daß der Gangster ihn im Spiegel sehen würde. Der Mann auf dem Beifahrersitz war klein und schmächtig. Er saß zusammengekrümmt da, der Kopf pendelte kraftlos nach rechts und links, wenn der Wagen über eine Unebenheit der Straße fuhr.

Phil schwang erst ein Bein hoch, dann das andere und klammerte sich an der rückwärtigen Kante des Aufbaues fest. Langsam brachte er sich in eine aufrechte Lage. Der Wagen rumpelte einmal hart, und Phil verlor fast den Halt. Die Füße standen nicht richtig, nur mit den Händen konnte er sich halten. Phil biß die Zähne zusammen und versuchte, ein Bein über die Rückwand zu schwingen. Aber der Wagen schaukelte zu stark. Er ließ seinen Oberkörper über den Reifen nach vorn fallen, packte die Lehne des Rücksitzes und ließ sich unendlich langsam in den Wagen hineingleiten.

Der Gangster nahm das Gas weg, als er ein Hindernis auf der Straße bemerkte. Das war Phils Chance! Er richtete sich auf, als er plötzlich einen Schuß hörte. Schwach zwar und nur ganz dünn zu hören über dem Dröhnen des Motors und dem Heulen des Windes, aber es war unverkennbar ein Schuß, und er mußte ganz in der Nähe abgegeben worden sein.

Phil ließ sich urplötzlich auf den Mann auf den Beifahrersitz fallen, der Adam Shingler sein mußte. Er packte die kleine Gestalt, und mit einer halben Drehung seines Oberkörpers brachte er sich zwischen ihn und den Fahrer. Der Kleine quiekte erschreckt und spannte sich. Phil schob seinen linken Arm unter Shinglers Beine, drückte hoch und warf den Mann mit einem kräftigen Ruck einfach aus dem Wagen.

Phil wirbelte herum, um sich auf den Gangster zu werfen, aber er griff ins Leere. Plötzlich drehte sich alles, die ganze Welt schien aus kreisender Dunkelheit zu bestehen, und von der Fliehkraft wurde er gegen die Türöffnung gedrückt. Ein harter Fuß traf Phils Brustkorb, der Schmerz zuckte durch den ganzen Körper.

Phils Hand erwischte einen Haltegriff, mit der anderen krallte er sich an der Lehne des Sitzes fest und zog die Beine an.

Gegen den helleren Hintergrund des Himmels über der See sah er die breite Gestalt des Gangsters, als der Wagen wieder geradeaus fuhr. Eine Faust knallte gegen Phils Füße, und Phil trat durch, traf auf Widerstand. Sein Fuß wurde gepackt und herumgedreht. Phil mußte nachgeben, sich mitdrehen, der Schmerz wurde trotzdem unerträglich.

Er trat mit dem anderen Bein um sich, sein Fuß wurde losgelassen.

Wieder drehte sich der Wagen, schlingerte quer zum Strand hinunter. Der Gangster hatte das Steuerrad einfach losgelassen und warf sich über Phil. Die mächtige Gestalt begrub Phil unter sich. Knochige Fäuste trafen Phils Kinn, dann schlugen sich lange, harte Finger um seinen Hals. Und der Landrover schlitterte führerlos über Sand und Steine auf die felsige Linie zwischen Ufer und See zu.

Der Knall des Schusses aus meinem Revolver verhallte. Da der Wind nachgelassen hatte, klang es ziemlich laut. Also probierte ich es noch einmal. Aber diesmal klickte es nur – die Patronen hatten zuviel Nässe abbekommen. Ich ließ die Waffe sinken. Ich wollte jetzt nicht mehr Schüsse verbrauchen. Wenn noch trockene Patronen in den Kammern waren, wollte ich sie mir für später aufheben.

Ich lauschte den Geräuschen der Nacht und spürte, wie sich das Toben des Sturmes immer mehr beruhigte. Der Regen strömte gleichmäßig herab und lief über mein Gesicht. Ich empfand die Nässe jetzt gar nicht mehr unangenehm, im Gegenteil, sie kühlte meinen zerschundenen Körper. Das Donnern der Brandung klang einschläfernd, aber ich durfte hier nicht einschlafen, hämmerte ich mir ein.

Dann drang ein Brummen in mein Bewußtsein, das nicht zu den Geräuschen paßte, die ich zu hören erwartete. Ich identifizierte es als das Brummen eines Motors. Schon Hilfe? dachte ich erstaunt. Mühsam richtete ich mich auf. Meine Schultern schmerzten vom Rudern, die Füße fühlten sich unförmig an, klumpig, taub. Schwankend stand ich da und sah zur Straße hoch.

Etwas Großes, Dunkles, löste sich aus den verschwimmenden Schatten weiter vorn. Aus der Richtung der Landspitze her kam ein Wagen. Ein Auto ohne Licht. Der Motor heulte plötzlich auf, der Wagen begann zu drehen, wirbelte um seine Achse, kam von der Straße ab. Es war ein Bild wie in einem Alptraum, so unwirklich. Der Wagen rutschte den Hang hinab, veränderte noch einmal seine Richtung und trieb nun quer auf mich zu. Tatsächlich, das Auto schlitterte mit seiner Breitseite haargenau zu mir herüber.

Hastig stolperte ich zur Seite. Die Räder auf der linken Seite gerieten gegen große Steinbrocken, der Wagen neigte sich nach links, drohte einen Moment lang zu kippen und fiel dann zurück. Ich warf einen Blick ins Innere und erkannte zwei ineinander verbissene Gestalten auf den Vordersitzen. Mein Gehirn schaltete träge, und mein Körper schien sich zu weigern, einzugreifen. Nur mein Instinkt wurde hellwach.

Ich machte zwei lange Sätze und sprang auf das Trittbrett. In der Rechten hatte ich immer noch meinen Revolver. Ich packte einfach mit der linken Hand zu, fühlte Stoff zwischen den Fingern und zerrte. Nähte rissen, aber der Mann, ich nahm an, daß es einer war, keuchte nur.

Der Wagen rauschte ins Wasser, wurde hart gebremst, ich fiel nach vorn. Eine Brandungswelle spülte über die Motorhaube und drang ins Wageninnere. Überall war salziger Schaum. Ich umschlang den Mann vor mir mit beiden Armen. Ich spürte steinharte Muskeln und zerrte, und als ich nichts erreichte, packte ich einen Arm, den ich mit aller Kraft nach hinten bog. Es war, als hätte ich einen schlafenden Bullen geweckt. Der Arm wurde mir mit einem harten Ruck entrissen, der Kerl bäumte sich auf, eine Faust krachte gegen meinen Hals, und ich flog nach hinten hinüber. Ich hielt mich irgendwo fest, ergriff einen Arm, der mich gerade wieder schlagen oder stoßen wollte. Der Mann, der zu dem Arm gehörte, ließ sich nach vorne fallen, ich verlor den Halt und fiel aus dem Wagen, zusammen mit meinem unbekannten Gegner. Ich fiel ins Wasser, mein Rücken schrammte über spitze Steine, als das Gewicht, das auf mir lag, mich niederdrückte.

Ich riß die Beine hoch, bekam die Füße zwischen meinen Oberkörper und dem Kerl auf mir und stieß zu. Das Gewicht war plötzlich weg. Ich tauchte auf, sah eine Gestalt durch das Wasser taumeln und warf mich darauf. Zusammen stürzten wir, ich atmete hastig ein und tauchte unter, meinen Gegner mit mir ziehend. Dessen Körper begann wild zu zucken, aber ich hielt ihn fest, bis meine Lungen zu platzen drohten. Dann ließ ich los und riß den Kopf hoch. Ich schnappte gierig nach Luft. Vor mir wuchs die mächtige Gestalt auf, die torkelig durch das Wasser planschte. Ich war müde, unendlich müde und erschöpft. Zum Weiterkämpfen fehlte mir einfach die Kraft. Ich holte mit dem rechten Arm aus, wie durch ein Wunder hatte ich immer noch meinen Revolver in der Faust, und ich ließ den Kolben der Waffe gegen die kurzen Rippen des Mannes krachen.

Der Mann stieß pfeifend die Luft aus, taumelte und brach in die Knie. Ich packte ihn von hinten und zerrte ihn aus dem Wasser. Als er mit den Füßen nach mir trat, knallte ich ihm meine Handkante gegen den Hals. Er erschlaffte augenblicklich und fiel lang hin. Ich warf mich neben ihn. Meine Lungen arbeiteten auf Hochtouren wie ein Blasebalg, mein Herz hämmerte schmerzhaft gegen die Rippen, und vor meinen Augen tanzten blutrote Ringe. Gelegentlich spülten die Ausläufer einer Welle um meine Beine. Ich spürte plötzlich das Brennen des Salzwassers in den Wunden. Müde zog ich die Beine an, aber das Brennen blieb.

Ein Geräusch drang in mein Gehirn, das Scharren von Schritten, ein Stein klickte. War der Kerl etwa schon wieder auf den Beinen? dachte ich müde. Aber ich war zu erschöpft, um mich noch wehren zu können. Eine Hand strich über mein Gesicht, dann wurde mein Kopf vorsichtig hochgehoben.

»Jerry«, sagte eine leise Stimme, die mir bekannt vorkam. »Jerry, he, wach auf!«

Ich genoß das wohlige Gefühl, in Sicherheit zu sein, und wollte etwas sagen. Aber meine Zunge klebte dick am Gaumen. Ich hörte mich krächzen, hustete und würgte. Als ich die Kehle frei hatte, sagte ich: »Was tust du denn hier?« Etwas Intelligenteres fiel mir im Moment nicht ein.

Phil lachte leise.

Ich versuchte aufzustehen. Ich fühlte, daß Phil schon protestieren wollte, aber er sah wohl ein, daß wir hier weg mußten. Wir mußten den Gangster in Sicherheit bringen. Als ich stand, schüttelte ich seinen Arm ab. »Es geht schon«, brummte ich. »So 'n bißchen Liegen wirkt Wunder.«

Prüfend sahen Phil und ich uns an und musterten uns, so gut das bei der Dunkelheit möglich war. Das Gesicht meines Freundes sah blaß und verquollen aus, und mitten auf der Stirn hatte er eine blutige Schramme.

Er verzog seine Lippen zu einem matten Grinsen.

»Du siehst auch nicht besser aus«, sagte er rauh und wandte den Kopf ab. »Schönes Wochende, was?«,

»Schönes Wochenende«, entgegnete ich mit Überzeugung.

Der Gangster rührte sich wieder. Gemeinsam richteten wir ihn auf, warteten, bis er wieder ganz bei Bewußtsein zu sein schien.

»Halt ihn mal fest«, sagte Phil plötzlich und lief zu dem Wagen, der halb im Wasser stand. Nach wenigen Augenblicken kam er zurück und schwenkte zwei Säcke. »Ein Teil der Beute«, sagte er und stieß den Gangster an. »Los, voran!«

Ich überließ Phil die Führung. Mein Freund schlug die Richtung zum Dorf ein und trieb den Gefangenen zur Eile an. Unterwegs berichtete er kurz, und auch ich informierte ihn über das, was ich in der Zwischenzeit erlebt hatte.

Als wir über den kleinen Platz von Willow's Point gingen, drei nasse, abgerissene und zerschundene Gestalten, begegneten wir einigen Männern, die Bretter schleppten und Taschen, offenbar voll mit Lebensmitteln. Einer trug eine alte Stallaterne. Er musterte uns kurz und hastete ohne zu fragen weiter. Nach der Katastrophe hatte jeder mit seinen eigenen Problemen zu kämpfen.

Wir betraten das Gebäude der Sheriffsstation und tasteten uns durch den stockfinsteren Flur bis ins Office. Das Licht brannte nicht. Phil kramte im Dunklen herum, bis eine Batterielampe aufflammte. Dann öffnete er eine der beiden Türen, die vom Dienstraum ausgingen, und winkte mir zu. Ich schob den Gangster vor mir her in den engen Gang bis zu einer vergitterten Tür am Ende. Phil nahm einen Schlüssel vom Haken an der Wand neben der Zelle und schloß die Tür auf.

Jetzt begann der Gangster plötzlich zu protestieren. »Was wollen Sie von mir?« fragte er aufsässig. »Wer sind Sie überhaupt?«

»FBI«, sagte ich nur und stieß den Mann in die schmale Zelle.

»Ich will einen Anwalt«, sagte er und starrte mich böse an.

»Den sollen Sie haben«, antwortete ich, »so schnell es möglich ist.«

»Zuerst verlange ich eine warme Mahlzeit, trockene Kleider und was zu trinken. Außerdem eine Packung Zigaretten und Streichhölzer.«

»Ist das alles?« fragte Phil und wandte sich ab. Ich folgte ihm. Der Gangster begann zu toben.

»Ich kenne meine Rechte!« schrie er aufgebracht. »Ich werde Ihnen Schwierigkeiten machen, verlassen Sie sich darauf!«

Ich schlug die Tür zum Gang hinter mir zu. Phil legte den Zellenschlüssel in eine Schublade des Schreibtisches. Ich hörte das Geschrei des Gefangenen bis hierhin. Der Mann hatte grundsätzlich recht. Er konnte einen Anwalt verlangen und trockene Kleider und Essen und Trinken und sogar Zigaretten. Aber wir befanden uns in einem Katastrophengebiet, und solange sich andere Menschen noch in Lebensgefahr befanden und auf unsere Hilfe angewiesen waren, mußte er warten. Nicht, weil er ein Verbrecher sein mochte, sondern weil er sich in Sicherheit befand.

Ich ging zum Wasserbehälter, der in einer Ecke stand, füllte einen Pappbecher mit Eiswasser und trank. Zuerst in kleinen, vorsichtigen Schlucken, dann kippte ich rasch noch zwei Becher hinterher. Am Waschbekken wusch ich mir das Salzwasser aus dem Gesicht.

Beim Schein der Batterielampe untersuchte Phil eine Abstellkammer. Als er wieder erschien, warf er mir ein paar Gummistiefel zu.

Mein Freund leuchtete mir. Ich untersuchte meine Füße. Sie waren geschwollen, und unter den Rissen der Socken sah ich blutige Wunden. Ich biß die Zähne zusammen und schlüpfte einfach in die Stiefel. Sie waren mir reichlich groß, drückten aber trotzdem. Ich verbiß den Schmerz.

»Können wir?« fragte mein Freund.

Ich nickte und folgte ihm nach draußen. Phil nahm die Lampe mit. Unten am Strandweg fanden wir einen Mann, der kläglich neben einem Baum hockte und uns ängstlich blinzelnd entgegensah. Seine Hände und Füße waren mit dünnen Stricken gefesselt.

Rasch befreiten wir ihn und halfen ihm hoch.

»Sind Sie okay?« fragte Phil.

Der kleine Mann nickte hastig. »Ja, ja«, versicherte er.

»Dann gehen Sie nach Hause. Wir haben später noch mit Ihnen zu reden, Mr. Shingler.«

Shingler wandte sich ab und lief eilig den Weg zurück. Wir gingen weiter. Phil ließ den Kegel des Scheinwerfers über die kleinen Häuser an der linken Seite wandern und riß verwüstete Häuser und Vorgärten aus der Dunkelheit. Vor uns schimmerte ein dünnes Licht. Wir stolperten durch Gerümpel darauf zu und betraten durch die offenstehende Tür ein massives Steinhaus. Die Tür hing schief in den Angeln, der Boden war von einer dicken, zähen Schlammschicht bedeckt, und die Wasserlinie etwa drei Fuß hoch an der Tapete zeigte, wie hoch das Wasser gestanden hatte.

In dem Wohnraum brannten zwei Kerzen. In ihrem flackernden Schein sah ich zuerst die reglose Gestalt, die auf einem Tisch lag. Dann fiel mein Blick auf die Couch, die naß und verdreckt war, und ich verstand.

»Das ist Doktor Strudwick«, sagte Phil und wies mit dem Kopf auf den hageren Mann, der neben dem Kopf des Verletzten stand.

»Cotton«, murmelte ich und sah den Hilfssheriff an.

Die nackte Brust war mit einem zerrissenen Bettlaken oder Tischtuch verbunden. Der Bauch hob und senkte sich mit den kurzen Atemzügen. Das Gesicht war stark eingefallen, die Schläfenknochen traten eckig hervor. Die Lippen waren leicht geöffnet, er atmete rasselnd. »Wie steht's?« fragte ich den Arzt.

»Sehr schlecht.« Er nahm ein kleines Stethoskop aus der flachen Instrumententasche, die er aus der Brusttasche geholt hatte, steckte die Enden der Schläuche in die Ohren und begann, Brustraum und Bauch des Verletzten sorgfältig abzuhorchen. Strudwick hatte die Augen geschlossen. Sein Gesicht verriet Konzentration. Endlich richtete er sich auf und sah uns an. »Das Herz arbeitet kräftig. Die Kugel steckt eine Handbreit unter der linken Schulter. Wahrscheinlich ist sie am Schulterblatt abgelenkt worden und hat in dem Fall mit Sicherheit schwere innere Verletzungen hervorgerufen, obwohl –« er betrachtete nachdenklich Quinces Gesicht, »die Lunge heilgeblieben ist. Auf jeden Fall gehört er sofort auf einen Operationstisch.«

»Können wir Hilfe anfordern?« fragte ich meinen Freund.

Phil schüttelte bedrückt den Kopf. »Der Strom ist ausgefallen, und das Funkgerät in der Sheriffsstation ist netzabhängig. Die Telefonleitungen sind schon seit Stunden unterbrochen. Die einzige Möglichkeit ist das Gerät im Jaguar.«

Der Jaguar! dachte ich verbittert. Mein Wagen stand schätzungsweise zwei Meilen von hier entfernt. Zwei Meilen durch Wald und über umgestürzte Bäume und durch Schlamm und aufgeweichten Boden. »Wir müssen es versuchen«, sagte ich fest. Auf einem Regal entdeckte ich eine Schachtel Zigaretten. Es waren noch drei Stück darin. Ich bot Phil eine an, dann dem Doc, der aber nur mißbilligend den Kopf schüttelte. Phil und ich zündeten unsere Stäbchen an einer der Kerze an und gingen dann in die kleine Kochecke hinüber, um Quince nicht mit dem Rauch zu belästigen. Wir rauchten eine Weile schweigend und ruhig und genossen das Gefühl, im Trockenen zu sein.

»Ich gehe«, sagte Phil dann.

»Wir gehen.«

»Du hast mehr mitgemacht als ich«, stellte Phil fest. »Ich bin noch ziemlich fit, und der Weg ist nicht gefährlich. Wenn wir zu zweit gehen, vergeudet einer nur unnötig seine Kräfte. Also – wenn du dich stark genug fühlst, dann geh.«

»Du hast gewonnen, mein Freund«, gab ich müde zu.

Phil schnappte die Lampe und stapfte hinaus. Ich schwang mich auf einen niedrigen Geschirrschrank, zog die Beine an, legte den Kopf auf die Knie und war innerhalb einer einzigen Sekunde eingeschlafen.

Seit über einer Stunde lehnte Frank Capello schweigend an der Rückwand des Steuersalons. Die RED SUSAN stampfte heftig rollend durch die aufgewühlte See. Geschickt glich Capello die Schlingerbewegungen mit den Knien aus. Wachsam beobachtete er die anderen Menschen im schwachen Schein der runden Deckenlampe.

Der Steuermann verrichtete ruhig seine Arbeit; von ihm hatte Capello keine Schwierigkeiten zu erwarten. Der Kapitän starrte stumm in die Dunkelheit hinaus. Über die Frontscheibe strömte das Wasser. Der Scheibenwischer schnitt einen großen Halbkreis aus den Wasserschleiern heraus, aber die Sicht mußte gleich Null sein. Gelegentlich wandte Kelly den Kopf und betrachtete prüfend das Bild auf dem Radarschirm.

Unermüdlich fuhr die weiße Linie des Radarstrahls über das blaugrün schimmernde Glas und hinterließ für Sekunden weiße, verschwommene Punkte. Die

Punkte bedeuteten nicht unbedingt Gefahr. Bei dem rauhen Wetter wurden die Strahlen, die das Radargerät aussandte, von den tiefliegenden Wolken genauso zurückgeworfen wie von anderen Schiffen oder von hohen Wellenkämmen. Capello verließ sich auf sein Glück.

Dix Hawthorn lehnte mit leicht grünlichem Gesicht matt neben der Tür zum Deck und starrte stumpf vor sich hin. Hoffentlich kotzt er die Bude nicht voll, dachte Capello gleichmütig und sah zu dem Girl hinüber.

Nancy Pemberton hatte die Arme vor der Brust verschränkt. Das lange blonde Haar fiel in weichen Wellen über ihre Schultern. Ihre Füße schmerzten vom langen Stehen, aber sie beklagte sich nicht. Und sie bemühte sich, den Gangster nicht anzusehen. Trotz des Morgenmantels, den sie lässig geschlossen hielt, fühlte sie sich nackt und irgendwie schutzlos. Wie gerne wäre sie in ihre Kabine gegangen und hätte sich einen Pullover und weite Segelhosen angezogen.

Sie zweifelte keinen Augenblick daran, daß der Mann mit den breiten Schultern unter dem zerrissenen Hemd ein Schwerverbrecher war. Obwohl er ausgesprochen gut aussah, wie sie sich unwillig eingestand. Mit den scharfen Falten um den Mund, dem kantigen Kinn und den tiefliegenden dunklen Augen unter den wirren, schwarzen Haaren wirkte er männlich und hart. Verstohlen sah sie zu ihm hinüber, und als der Mann ihren Blick einfing und leicht lächelte, wandte sie rasch den Kopf ab.

Das war ein echter Gangster, dachte sie sachlich, ganz anders als die anderen Männer, die sie aus dem Showgeschäft kannte und denen man teilweise auch nachsagte, sie seien Gangster. Sie erinnerte sich an Bemerkungen, die sie über McGaw gehört hatte, die sie aber nicht weiter beachtet hatte. Und sie erinnerte sich an die beiden hart und grausam aussehenden Burschen, die schweigsam und unauffällig um McGaw herumstanden, wenn er an Land war. Ihr war klar, daß das McGaws Leibwächter waren. McGaw ging über die Anwesenheit dieser Männer stets hinweg und erklärte sie auch nicht. Aus Filmen wußte sie, daß es zwei Sorten von Gangstern gab – die eine Sorte schoß, und die andere ließ schießen.

Weshalb waren diese beiden Kerle an Bord gekommen? Hatten sie eine Rechnung mit McGaw zu begleichen? Hatten sie gewußt, daß McGaw ohne seine Leibwächter unterwegs war, und die Gelegenheit ergriffen, mit ihm abzurechnen? Wenn ja, mußte Kapitän Kelly mit McGaws Feinden unter einer Decke stecken! Erschreckt von dem Gedanken sah sie zu Kelly hinüber und schüttelte dann unwillig über ihre Vermutung den Kopf. Kelly konnte nichts damit zu tun haben, redete sie sich ein. Oder doch? Kelly mußte McGaw hassen, oder er war kein Mann. Während der kurzen Zeit an Bord hatte sie oft genug erlebt, wie McGaw den Kapitän abgekanzelt hatte. Sie hätte sich das nicht gefallen lassen.

Plötzlich glaubte sie, es hier oben nicht mehr aushalten zu können. Sie mußte einfach raus. Sie warf den Kopf in den Nacken und sah den Breitschultrigen herausfordernd an. »Wenn Sie nichts dagegen haben, gehe ich in meine Kabine«, sagte sie und machte einen kurzen Schritt auf die Tür zum Niedergang zu.

»Stop, Lady!« murmelte Capello und hob die Pistole. »Mir ist es lieber, wenn ich meine Leute um mich habe.«

»Auf mich müssen Sie eine Weile verzichten. Ich gehe nach unten.«

Capello kniff langsam die Lider zusammen, die Brauen zogen sich finster zusammen. »Sie bleiben hier«, sagte er drohend.

»Ich muß mal«, sagte sie wenig damenhaft. »Ich finde

es traurig, daß Sie eine Dame zwingen, das auszusprechen.« Entschlossen öffnete sie die Tür.

In dem Moment rasselte das Wandtelefon neben ihr. Sie nahm den Hörer ab, ohne den Gangster anzusehen. »Ja?« fragte sie. Sie lauschte McGaws aufgeregter Stimme, runzelte die Stirn und unterbrach ihn dann rücksichtslos. »Wir haben Gäste an Bord. Ich schlage vor, Sie kommen herauf und begrüßen die Herren.« Ohne auf eine Antwort zu warten, hängte sie den Hörer zurück und wandte sich an den Gangster. »Das war der Besitzer der Yacht. Er wollte wissen, warum wir nicht bei der Insel geblieben sind.«

Capello grinste. »Das fällt ihm erst jetzt auf?«

»Es ging ihm nicht besonders. Der Weg zum Telefon war ihm wohl zu schräg.«

Capello lachte laut. »Das finde ich großartig, Mädchen. Ist wohl kein Seemann, Ihr Boß?«

Nancy schüttelte den Kopf und wollte den Raum verlassen. Mit zwei Sätzen war Capello bei ihr und trat die Tür ins Schloß. Sein Gesicht hatte einen verkniffenen Ausdruck angenommen.

»Du willst doch nur einen Trick probieren, stimmt's?«

»Wie sollte ich?« Nancy sah den Gangster kalt an. »Haben Sie etwa Angst vor mir?«

Capello lächelte plötzlich. »Wenn ich ehrlich sein soll, ja.« Unschlüssig stand er da, eine Hand neben dem Girl gegen die Tür gestemmt. Dann nickte er bedächtig und gab die Tür frei. »Okay, Mädchen. Aber ich komme mit, ob Ihnen das paßt oder nicht.« Er drehte sich nach Dix um. »Paß auf. Wenn einer eine verdächtige Bewegung macht, brüllst du, verstanden?« Dix nickte gequält. »Und wenn einer an das Funkgerät geht, schlägst du den Kasten zusammen.«

Nancy tastete sich vorsichtig über die schmalen Stufen nach unten. Das Schiff schwankte immer noch, aber lange nicht mehr so stark wie bei ihrer Abfahrt. Sie hörte Capellos Schritte hinter sich, aber sie wandte sich nicht um. An der dritten Tür auf der linken Seite des Ganges blieb sie stehen, drehte den Knauf und schlüpfte in ihre Kabine. Als sie die Tür schließen wollte, hatte Capello seinen Fuß in den Spalt gesetzt.

Er grinste unverschämt. »Ich möchte doch sehen, wie schön du es hast«, sagte er grinsend und stemmte sich gegen das Holz. Nancy leistete einen Augenblick Widerstand, gab dann aber nach.

»Sehen Sie sich um, überzeugen Sie sich, daß ich keine Pistole unter dem Kopfkissen habe, und dann verschwinden Sie. Sie können auf dem Gang warten.« Sie stieg über einen umgestürzten und aufgesprungenen Koffer, trat auf herumliegende Wäsche und verschwand im Bad. Heftig schloß sie die Tür hinter sich und riegelte ab.

Sie warf den Morgenmantel ab und betrachtete ihr Gesicht im Spiegel. Sie zog ihre Lippen mit einem blaßrosa Stift nach, legte neuen Lidschatten auf und bürstete dann sorgfältig und ausgiebig ihre Haare. Nach fünf Minuten schlug Capello mit der geballten Faust gegen die Tür.

Erschreckt zuckte das Girl zusammen.

»Beeil dich!« rief der Gangster.

»Ich bin noch nicht fertig!«

»Ich gebe dir genau fünf Sekunden. Eins ... zwei ... drei ...«

Nancy ließ sich nicht stören, ruhig ordnete sie ihr Haar. Da dröhnte ein schwerer Tritt gegen die Tür, das dünne Holz bog sich. Beim zweiten splitterte das Schloß aus dem Rahmen, mit lautem Knall flog die Tür auf und krachte gegen das Waschbecken.

Nancy raffte den Mantel an sich und versuchte, ihn überzuziehen. Capello packte sie roh am Arm und zerrte sie aus dem Waschraum in die Kabine. Unvermittelt ließ er sie los. Sie stolperte über den Koffer und fiel quer über das Bett.

Aus dunkel umwölkten Augen sah Capello auf sie herab. »Mit mir kannst du keine Mätzchen machen, Miß Pemberton«, sagte er schwerfällig. Langsam schob er die schwere Pistole in seine Hosentasche. Der große Griff ragte heraus. Capello beugte sich nieder, stützte sich mit den Armen rechts und links neben Nancys Oberkörper auf. Die Bettfedern quietschten unter seinem Gewicht. Unendlich langsam näherte er sein Gesicht dem ihren.

Nancy spürte seinen Atem auf ihren Lippen. Regungslos lag sie da und sah unverwandt in die dunklen Augen über sich. Verwundert stellte sie fest, daß sie keine Angst hatte, ja, die Situation sogar genoß. Sie war wie gelähmt, konnte sich nicht rühren, und eigenartige Schauer rannen über ihren Körper.

Capello preßte plötzlich seine Lippen auf ihren Mund, bewegte seinen Kopf. Hart und fordernd küßte er sie. Sie wollte sich wehren, erwiderte dann aber den Kuß, zaghaft zuerst, und wand sich dann wohlig.

Capello löste sich unvermittelt, sein Blick wanderte über Nancys Körper, verweilte lange auf den Rundungen der Brust, die über dem Oberteil des Bikinis sichtbar waren. Nancy wälzte sich herum und verbarg ihr Gesicht in der Decke. Sie spürte, wie der Mann von ihrem Bett stieg und neben ihr stehenblieb. Dann hörte sie seine langsamen Schritte, das Öffnen der Tür. Sie wollte irgend etwas sagen, brachte aber keinen Ton über ihre Lippen. Dann schloß sich die Tür leise, und sie wußte, daß sie allein war.

Capello sah sich auf dem Gang um. Über jeder der zehn oder zwölf Türen brannte eine Lampe. Capello öffnete einige, die erste Kabine war leer, in drei anderen entdeckte er jeweils ein Girl, das inmitten umgestürzter Koffer und durcheinandergeworfener Kleidungsstücke auf dem Bett lag, leise stöhnte und für die Umwelt keinerlei Interesse zeigte.

In der großen Hauptkabine am Ende des Ganges war niemand, in dem kleinen Salon daneben begegnete Capello dem Schiffseigner. McGaw hockte zusammengesunken in einem Sessel und starrte auf den Teppich. Auf der lederbezogenen Couch lag ein Mädchen im Bikini, das genau wie der Mann einen abwesenden Eindruck machte. Leise schloß Capello die Tür. Er wollte niemanden aufscheuchen, denn die Situation mit den seekranken Passagieren konnte für ihn gar nicht günstiger sein. Zufrieden stieg er die Stufen zum Ruderhaus hinauf. Sein einziger Gegner an Bord war der Kapitän. Capello betrat den Raum. Kelly drehte sich kurz um, starrte dann aber gleich wieder in die Nacht hinaus. Capello beugte sich über die Seekarte, die auf dem Kartentisch ausgebreitet war.

»Wo sind wir?« fragte er.

»Der Leuchtturm von Eatons Neck steht sieben Meilen südwestlich vor uns«, antwortete Kelly.

Capello suchte die Stelle auf der Karte. Westlich des Leuchtturms öffnete sich die Huntington Bay. Von dort aus waren es noch sieben oder acht Meilen bis Centerport. Die Route dorthin führte um eine langgestreckte Halbinsel herum in die Bucht von Northport und dann durch den engen Sound, an dessen Ende Centerport lag. Außer Huntington Bay und Huntington Beach entdeckte Capello keinen Hafen, der am Weg lag und ihm von der Lage her gefallen hätte. Centerport lag an einer Hauptstraße, die direkt nach Queens und von dort aus weiter zum Queens-Midtown-Tunnel nach Manhattan führte. Er rollte unbehaglich die Schultern. Die Yacht war in Centerport zu Hause, man kannte dort den Kapitän, wahrscheinlich auch den Eigner, und das Einlaufen der Yacht nach dem Hurrikan mußte wie eine kleine Sensation wirken.

»Wie lange brauchen wir bis Centerport?« fragte Capello.

»Fünfundvierzig Minuten«, kam die einsilbige Antwort.

Capello wollte sich seine Unsicherheit nicht anmerken lassen. Er schwankte einen Augenblick, ob er dem Kapitän befehlen sollte, irgendeinen anderen Hafen anzulaufen, der näher an New York lag, aber er fürchtete, den Gegenargumenten des Kapitäns nicht gewachsen zu sein. Also hielt er den Mund. Die Passagiere lagen halbtot in ihren Kabinen, von denen hatte er nichts zu befürchten. Wenn er den Kapitän und den Steuermann sofort nach dem Anlegemanöver in einer Kabine einschloß, würde er reichlich Zeit haben, das Schiff unauffällig zu verlassen und unterzutauchen.

Mark Kelly schaltete den Scheibenwischer aus. Capello stellte sich neben den Kapitän und sah nach draußen. Viel war noch nicht zu sehen in der Dunkelheit, aber Capello spürte, daß das schwere Rollen der Yacht nachgelassen hatte. Dann riß die Wolkendecke auf, und Capello entdeckte zwei funkelnde Sterne am Himmel. Er sah zu Dix hinüber und lächelte ihm aufmunternd zu.

»Wir haben es bald geschafft«, sagte er.

Als Phil mich sanft weckte, zuckte ich zusammen, brummte unwillig vor mich hin und versuchte, meinen Kopf in eine bequemere Lage zu bringen und weiterzuschlafen. Mein Nacken war steif, die Beine schmerzten, und die Füße in den Gummistiefeln brannten wie Feuer. Es hatte keinen Zweck mehr.

»Wie spät ist es?« fragte ich, ohne den Kopf zu heben.

»Gleich halb elf«, antwortete mein Freund.

Halb elf! dachte ich matt. Und so viel war noch zu tun. Ich stieg ächzend vom Geschirrschrank, stand zuerst etwas wackelig auf den Beinen und reckte meine lahmen Knochen. Der kurze Schlaf hatte mich noch müder gemacht. Ich spürte die Erschöpfung von den Anstrengungen der letzten Stunden in jedem Muskel. Ich fühlte mich zerschlagen und war kaum in der Lage, einen klaren Gedanken zu fassen. Phil trug meine Jacke über dem Arm, und ich schlüpfte hinein.

Ich stolperte in den Wohnraum. Die zwei Kerzen flackerten genau wie vor zwei Stunden. Ihre Schatten zuckten über den Tisch. Ich starrte auf die leere Platte.

»Wo ist Quince?« fragte ich Phil, der hinter mir herkam.

»Wir haben ihn schon verladen. Der Hubschrauber steht am Strand.«

»Was für ein Hubschrauber?« Ich machte bestimmt kein sehr geistreiches Gesicht. Hatte ich etwa so fest geschlafen, daß ich das Donnern eines Hubschraubermotors überhört hatte?

»Komm schon«, forderte Phil mich auf. »Die Jungs von der Marine haben heute noch mehr zu tun.« Phil löschte die Kerzen, und wir verließen das Strandhaus.

Undeutlich erkannte ich die Umrisse eines Hubschraubers, dessen Positionslichter hell in der Finsternis blinkten. Phil schaltete seinen Handscheinwerfer ein. Der Pilot schien auf dieses Signal gewartet zu haben. Ich hörte das Starten eines Motors und dann das helle Sirren der Rotorblätter. Wir liefen auf die Maschine zu, Phil half mir hinein, und schon hob der Vogel ab.

In der Kabine lagen Quince und der verletzte Fahrer des Geldtransporters, festgeschnallt in muldenförmigen Krankenliegen.

»Dies ist ein Rettungshubschrauber der Marineflieger«, erklärte Phil mir. »Der Chef persönlich hat ihn besorgt. An der ganzen Küste zwischen New Haven und Cape Cod muß es fürchterlich aussehen . . .« Mein

Freund schwieg, aber ich konnte mir das Ausmaß der Katastrophe ungefähr vorstellen.

Ich sah mich in der kleinen Kabine um. Vor uns saßen der Pilot und sein Kopilot, beide in ihren Sitzen festgeschnallt. Das grünliche Licht der Instrumente beleuchtete ihre Gesichter unter den unförmigen Helmen. Die Lippen des Piloten bewegten sich vor dem kleinen Mikrofon, das an einem Bügel vor seinem Mund hing. Verstehen konnte ich nichts.

»Wo ist der Doc? Und der Sheriff?« fragte ich.

»Doc Strudwick wollte in Willow's Point bleiben. Der Hubschrauber ist zuerst oben bei der Fabrik gelandet und hat den Sheriff mit runtergenommen. Er wird alles regeln. Der Gefangene wird nach New London überführt, sowie die Straßen passierbar sind. Er wird auch diesen Adam Shingler verhören und uns ein Protokoll schicken. Und der Jaguar . . . Wegen des Wagens habe ich noch nichts unternommen. Vielleicht holen wir ihn am nächsten Wochenende . . .«

Ich nickte. Ich sehe es nämlich nicht gern, wenn irgendein Amateur meinen kostbaren Flitzer mißhandelt, da bin ich empfindlich.

Das gleichmäßige Dröhnen und Schwirren schläferte mich wieder ein.

Die nächste Stunde zog an mir vorüber, unwirklich wie ein Traum. Irgendwann setzte der Hubschrauber irgendwo auf, die beiden Verletzten wurden herausgezogen, dann stieg der Vogel wieder auf und landete wenig später.

Steifbeinig kletterte ich hinaus. Unter mir blinkten Millionen Lichter, ein milder Wind wehte, und über mir strahlten die Sterne am wolkenlosen Himmel. Ich war wieder in New York! Der Hubschrauber startete gleich wieder, und Phil und ich gingen auf den Ausgang zu. Der Pilot hatte uns auf dem Heliport des PanAm-Building mitten in Manhattan abgesetzt. Mit einem Expreßlift sausten wir nach unten und standen dann auf der Park Avenue. Ich holte tief Luft.

Phil fischte ein Taxi aus dem brausenden Samstagabendverkehr. Ich betrachtete die Menschen, die bummelten oder hasteten, lachten oder ernst und verschlossen waren, wie an jedem Tag, und ich konnte irgendwie nicht glauben, daß kaum hundert Meilen von hier entfernt Tausende vor den Trümmern ihrer Häuser standen oder gar ihre Toten beweinten. Es war unwirklich und kaum vorstellbar.

Das Taxi brachte uns in wenigen Minuten zum Districtgebäude in der 69. Straße, und dann hatte mich der Rhythmus des FBI-Dienstes wieder gepackt. Und der war Realität.

Als wir auf die Fahrstühle zugingen, begegnete uns unser Kollege Steve Dillaggio. Als er mich erblickte, fiel sein langes Gesicht auseinander, und die wenigen blonden Haare auf seinem Kopf sträubten sich.

»Wo kommt ihr denn her?« fragte er entgeistert.

»Von einem schönen, erholsamen Wochenende«, antwortete Phil ernsthaft.

»Junge, Junge, muß das schön gewesen sein«, sagte er andächtig.

Ich sah an mir herunter. Sah das zerrissene Hemd, die verknautschte Hose und meine Füße, die in den unförmigen Gummistiefeln steckten. Und mein Freund sah auch nicht gerade salonfähig aus. Ich fuhr mit der Hand durch mein Gesicht und zuckte zusammen, als die Finger über die Schrammen und Beulen glitten.

Ich grinste Steve kurz an und trat schnell in den Aufzug, gefolgt von Phil.

»Gehen wir gleich zum Chef?« fragte mein Freund.

Ich wußte, was er meinte, und nickte. »Die Fahndung nach der Yacht muß endlich anrollen«, sagte ich. »Später haben wir genug Zeit, um uns wieder schön zu machen.«

Unser Chef, Mr. John D. High, war noch in seinem Büro. Auch er sah müde aus. Er musterte uns schweigend, verzog aber keine Miene und machte auch keine Bemerkung. Er wies auf die Stühle vor seinem Schreibtisch, dann drückte er einen Knopf der Sprechanlage und bestellte Kaffee. Extra viel und extra stark. Helen, die perfekte Sekretärin und beste Kaffeeköchin des FBI New York, schien zaubern zu können. Der Kaffee kam nach kaum einer Minute, und sie hatte sogar einen riesigen Stapel Sandwiches zubereitet.

Als ich die Sandwiches sah, begann mein Magen wütend zu knurren, und ich langte zu. Nach dem Imbiß und drei Tassen Kaffee, glühend heiß und pechschwarz, fühlte ich mich etwas besser.

Mr. High lächelte. »Sie sind also noch ganz gesund«, stellte er fest.

»Hm«, brummte ich zustimmend. Und dann tat ich etwas, was man im Chefzimmer gewöhnlich nicht zu tun pflegt und erst recht nicht, wenn der Chef anwesend ist: Ich zog mir die Stiefel aus und ächzte auch noch wohlig dabei. Und Mr. High lächelte weiter.

Phil und ich gaben einen zusammenhängenden Bericht. Der Chef beobachtete uns aufmerksam, unterbrach uns aber nicht. Erst als wir fertig waren, sagte er:

»Sie haben gute Arbeit geleistet, mehr konnten Sie nicht tun. Ich werde den Sheriff von Centerport und die Küstenwache einschalten. Man soll versuchen, die Yacht zu ermitteln.«

»Wir fahren dann gleich . . .«

Der Chef unterbrach mich. »Sie fahren jetzt gleich. Und zwar nach Hause. Wenn ich etwas höre, gebe ich Ihnen sofort Bericht.«

»Das Schiff ist bestimmt schon in irgendeinen Hafen eingelaufen«, protestierte ich. »Wenn die Gangster . . .«

»Wenn die Gangster Sie sehen«, mein Chef unterbrach mich schon wieder, was äußerst selten vorkam,

»verlieren die allen Respekt vor dem FBI. Sie fahren nach Hause und legen sich eine Weile aufs Ohr. Sowie ich etwas höre, bekommen Sie Nachricht. Aber das sagte ich wohl schon.«

Ich nickte ergeben.

»Und lassen Sie sich einen Dienstwagen geben, damit Sie notfalls von zu Hause aus losfahren können.« Ich nickte wieder. »Und vergessen Sie nicht, Ihre Waffen auszutauschen.«

Der Chef war wirklich wie ein Vater zu seinen G-men. Ich stand auf, schnappte mir die verdreckten Gummistiefel, nickte ergeben und sagte: »Ja, Papa.« Allerdings ziemlich leise, und ich hoffte, daß er es nicht verstanden hatte.

Im scharf gebündelten Licht des Steuerbordscheinwerfers tastete sich die RED SUSAN an den Tonnen entlang, die die Einfahrt in die innere Bucht markierten, an deren Ende der Yachthafen von Centerport lag. Als die Yacht um eine hohe Landzunge herumglitt, erschien plötzlich die beleuchtete Linie der Piers von Centerport vor dem Schiff.

Capello stellte sich neben den Kapitän und starrte nach draußen. Rasch teilte sich die Lichterkette in winzige Punkte, dann vergrößerten sich die strahlenden Punkte zu hohen, hellen Bogenlampen, deren Schein auf dem unruhigen Wasser glitzerte.

Capello erkannte lange Holzstege, die vom Pier aus rechtwinkelig abzweigten. An diesen Stegen lag Boot an Boot. Die RED SUSAN steuerte einen der Stege an, der etwas abseits lag, nicht so lang wie die anderen war, dafür aber breiter und offenbar auch massiver. Zwischen zwei großen Yachten bemerkte Capello einen langen, niedrigen Wagen. Dunkel und drohend stand er da, nur das Licht spiegelte sich im glänzenden Lack.

Capello spürte eine eisige Leere im Gehirn und stand eine Sekunde lang wie gelähmt. Eben noch hatte er sich einem Gefühl der Sicherheit hingegeben, war überzeugt gewesen, es geschafft zu haben. Und jetzt erkannte er, wie trügerisch das Gefühl gewesen war.

Er fuhr herum, starrte in das unbewegte Gesicht des Kapitäns. »Was ist das für ein Wagen?« fragte er leise, keuchend. Die Wut nahm ihm fast die Stimme.

Mark Kelly wandte langsam den Kopf und sah den Gangster ruhig an. Gelassen erwiderte er Capellos flakkernden Blick. »Das ist der Wagen des Chefs«, erwiderte er dann ausdruckslos.

Capellos Kopf ruckte wieder herum. Irritiert versuchte er den Wagen genauer zu erkennen. Lange Motorhaube, vorspringender Kühlergrill, eckige Vorderfront. Keine Dachlichter. Er spürte, wie ein Gefühl der Erleichterung Besitz von ihm ergriff. Er hätte schreien mögen vor Freude. Das war kein Wagen, der von Polizisten gefahren wurde, versicherte er sich selbst. Das war ein Oldsmobile, ein Ninety-eight oder Delta 88.

Das Schiff steuerte einen freien Liegeplatz am Anleger an. Der Kapitän gab knappe Kommandos. In spitzem Winkel glitt die RED SUSAN auf den Steg zu. Der Boden des Ruderstandes begann zu vibrieren, als die Maschinen auf Rückwärtsfahrt umgeschaltet wurden.

Kelly nahm den Hörer des Wandtelefons ab und wählte eine Nummer. Capello beobachtete ihn mißtrauisch. »Hill? Wir legen an«, sagte er nur und hängte den Hörer zurück.

Ein junger Matrose erschien an Deck, turnte am Ruderhaus entlang und wickelte die Bugleine von einem Poller. Sprungbereit wartete er, um im rechten Moment an Land springen zu können.

Der Wagen erschien jetzt in ganzer Länge in Capellos Blickfeld. Zwei große Männer, beide in dunklen Anzügen mit dunklen Hüten auf den Köpfen, die die Gesichter beschatteten, lehnten lässig an der Tür der Fahrerseite und sahen dem Anlegemanöver zu. Beunruhigt beobachtete Capello die beiden. Dann hörte er, wie hinter ihm eine Tür geöffnet wurde, und er fuhr herum.

Im Rahmen stand ein schlanker Mann mit braungebranntem Gesicht, und Capello erkannte in ihm den Eigner wieder, der jetzt besser aussah als vorhin. McGaw sah sich verwundert um, dann blieb sein Blick auf Capello haften. Langsam schloß er die Tür und lehnte sich dagegen.

»Wer ist das?« fragte er. Die Frage war an den Kapitän gerichtet.

Kelly zuckte die Achseln. »Er und der andere kamen bei der Insel an Bord. Wollten unbedingt nach Long Island.«

Capello zog langsam die Pistole aus dem Hosenbund und hielt die Waffe hoch. »Mein Fahrschein«, grinste er. Zu seiner Verwunderung zuckte McGaw mit keiner Wimper. »Aber wir steigen hier aus, keine Sorge«, fügte er etwas unsicher hinzu.

McGaw verzog die schmalen Lippen zu einem leichten Lächeln. »Dann seid mal schön freundlich zu den Jungs da unten«, sagte er. Der metallische Unterton in seiner Stimme war kaum zu überhören.

Capello gefiel die Situation überhaupt nicht. Sein Blick flitzte zwischen dem Mann an der Tür und den Burschen auf dem Steg hin und her. In dem Moment ging ein leichter Ruck durch die Yacht, und der Matrose sprang an Land.

Capello warf Dix die Pistole zu. »Paß auf, Dix!« sagte er. »Niemand verläßt diesen Raum, kapiert? Und schnapp dir schon die Säcke mit dem Geld, daß du gleich damit keine Zeit zu verlieren brauchst!«

Dix nickte eifrig, und Capello registrierte zufrieden, daß es seinem Komplicen auch wieder besserging.

Mit wenigen Schritten durchquerte er den Steuersalon und stieß dabei McGaw brutal zur Seite. Dann knallte er die Tür hinter sich zu, lief die Treppe hinab und stürmte in Nancys Kabine.

Das Girl lag immer noch auf dem Bett. Als sie Capello hörte, hob sie den Kopf. Der Gangster betrachtete das Mädchen, das immer noch den knappen Bikini trug. Dann riß er seinen Blick gewaltsam los. Er bückte sich, hob ein leichtes Wollkleid vom Boden auf und warf es Nancy zu.

»Zieh das an, aber rasch«, sagte er.

Nancy rührte sich nicht.

Capello ballte die Fäuste und machte einen Schritt auf das Bett zu. »Mir ist es ja egal«, sagte er mühsam beherrscht, »du kommst mit mir. Mit dem Fummel da oder ohne. Du hast drei Sekunden.«

Das Girl wälzte sich herum und warf den Kopf zurück. Das lange blonde Haar flog über die nackten Schultern. Aufreizend langsam schwang sie ihre braunen Beine über die Bettkante, die Füße tasteten nach den leichten Sandalen und schlüpften hinein. Teilnahmslos sah sie den Gangster an.

Capello beugte sich vor, packte Nancys Arm und drückte zu, bis das Girl vor Schmerz das Gesicht verzog. »Zieh dich endlich an«, zischte er aufgebracht. Er bereute bereits seinen Entschluß, das Mädchen mitzunehmen.

Nancy Pemberton streifte das Kleid über ihren Körper. Capello hielt ihr die Tür auf. Ohne den Gangster anzusehen, schritt sie an ihm vorbei auf die Treppe zu.

Als Capello die Brücke wieder betrat, starrte McGaw ihm verbissen entgegen. Capello grinste. »Ich nehme die Kleine mit«, sagte er herausfordernd.

McGaw gab das Grinsen zurück. »Die kannst du geschenkt haben«, behauptete er. »Aber paß auf die Jungs auf, die machen vielleicht Hackfleisch aus dir.«

Capello kniff die Lider zusammen. Die Sicherheit des Mannes verblüffte ihn aufs neue. Er schob Nancy zu der Tür, die aufs Deck hinausführte, und nahm Dix die Pistole wieder ab. Dann faßte er einen raschen Entschluß. »Sie kommen auch mit«, sagte er.

Tiefes Schweigen senkte sich über den Raum. McGaw zog leicht amüsiert die Brauen hoch. »Ich?« erkundigte er sich gedehnt.

Capello nickte zustimmend. »Sie«, bestätigte er.

McGaw sah den Gangster ungläubig an. Bisher hatte er sich sicher gefühlt. Er konnte nicht wissen, daß der Gangster seinen Ruf nicht kannte. Ja, der Mann schien seinen Namen noch nie gehört zu haben. Verwundert schüttelte McGaw den Kopf. »Wissen Sie auch genau, was Sie da tun?« fragte er leicht besorgt.

Capello nickte verbissen. »Los jetzt«, befahl er unwillig. Er stieß die Tür auf und betrat das Deck. Mit der linken Hand zerrte er das Girl neben sich und winkte McGaw mit der Pistole.

Einer der beiden Männer am Wagen riß die hintere Tür des Olds auf, als McGaw das Deck betrat. Capello versteckte die Pistole hinter dem schmalen Rücken des Girls.

»Vorgehen«, zischte er McGaw ins Ohr.

McGaw zuckte leicht die Achseln. Er ging in die Hocke und flankte von Bord. Capello sprang hinterher, ohne Nancy loszulassen. Das Girl schrie unterdrückt auf, als der Gangster sie herunterzerrte. Dix folgte, der Steg dröhnte unter seinem ungeschickten Aufprall.

Capello musterte die beiden Männer am Wagen mit schnellen Blicken. Er kannte diese Typen aus Erfahrung. Das waren Leibwächter, Burschen von der harten Sorte, und zum erstenmal kam ihm der Gedanke, daß er mit McGaw an den Falschen geraten sein könnte. Wer sich mit solche Kerlen abgab, war meist auch gewohnt, sie ihrer Begabung entsprechend einzusetzen.

Die Leibwächter hatten offenbar noch keinen Verdacht geschöpft. Ihr seid also doch nicht so clever, dachte Capello. Aber er mußte jetzt schnell handeln.

Er drückte McGaw die Mündung der schweren Pistole gegen das Rückgrat und schob den Mann langsam vor sich her. Als sie nur noch zwei oder drei Schritte vom Wagen entfernt waren, ließ Capello das Girl plötzlich los, packte McGaw und stieß ihn auf den Rücksitz des Olds. Er steppte einen Schritt zur Seite und winkte Dix zu. »Los, Junge, schmeiß dich neben ihn.«

Dix Hawthorn reagierte sofort. Er stürmte an Capello vorbei und schwang sich in den Wagen, wobei er McGaw grinsend anstieß.

Capello streckte den rechten Arm aus und hielt die Pistole ins Wageninnere. Die Körper der beiden Gorillas hatten sich gespannt. Der eine, der an der hinteren Tür stand, kaum eine Armlänge von Capello entfernt, hatte seine Rechte unter der Jacke, aber er rührte sich nicht. Der andere stand etwas gebückt am vorderen Kotflügel, eine Hand leicht angehoben, die andere auf die Motorhaube gestützt. Capello konnte ihre Gesichter nicht genau erkennen, nur die Augen des Mannes vor ihm schienen ihn abzuklopfen. Unter dem Blick rollte Capello unbehaglich die Schultern.

»Steig ein, Nancy«, sagte Capello zu dem Girl, das leicht fröstelnd neben ihm stand. »Hinten!«

Nancy öffnete die Tür der Fahrerseite, stieg ein und rutschte auf die rechte Seite hinüber.

Capello ließ die beiden Gorillas nicht aus den Augen. »Ihr geht jetzt schön auf das Schiff«, sagte er laut, lauter, als er beabsichtigt hatte, und sah sich schnell um. Aber der Steg und der Pier waren zu dieser Stunde menschenleer. Nur vom Klubhaus eines Segelklubs drangen Musikfetzen herüber.

Die beiden Männer lösten sich langsam vom Wagen,

versuchten, sich durch Blicke mit ihrem Chef zu verständigen, und wichen rückwärts zurück. Nacheinander kletterten sie an Bord der Yacht und blieben an der Reling stehen.

Capello warf die Fondtür zu und setzte sich hinter das Lenkrad. Die Tür auf seiner Seite ließ er noch offen. Aus den Augenwinkeln beobachtete er die Leibwächter, während seine Finger nach dem Starterschlüssel suchten. Endlich hatte er ihn gefunden. Sein linker Fuß suchte die Kupplung und trat ins Leere. Capello unterdrückte einen Fluch. Mit automatischen Schaltungen hatte er wenig Erfahrung, und einen Schlitten von der Größe dieses Olds hatte er noch nie gefahren.

Seine Rechte fummelte auf der Schaltkonsole herum, wobei die Pistole ihn behinderte. Er zog den Gangwähler zurück und hoffte, den Rückwärtsgang gefunden zu haben. Dann drehte er den Starterschlüssel. Mehrere Lichter auf dem Instumentenbrett flammten auf. Er hatte den Schlüssel immer noch in Startstellung, als der Motor schon lange lief.

Die Maschine war kaum zu hören, und der Wagen vibrierte kaum. Capello drückte einige Schalter, bis die Scheinwerfer aufleuchteten. Er erwischte einige falsche Knöpfe – die Lenksäule verstellte sich, die Rücklehne eines Sitzes glitt zurück, und die Seitenfenster fuhren lautlos herab.

Mit einem harten Ruck zog Capello die Tür zu. Er wandte sich um und gab behutsam Gas. Der lange Olds rollte tatsächlich rückwärts. Sanft schaukelnd rumpelte der große Wagen über die Bohlen, stieß auf den betonierten Pier und setzte bis auf die schmale Fahrstraße zurück. Capello trat auf die Bremse, etwas zu hart, rukkend blieb der Wagen stehen, aber der Motor lief weiter, wie Capello zufrieden feststellte.

»Rechts oder links?« fragte er McGaw, der Capellos Bemühungen gelassen zugesehen hatte.

»Das kommt darauf an, wohin Sie wollen«, erwiderte McGaw.

»Manhattan.«

»Rechts.«

Capello warf noch einen Blick zurück auf die Yacht. Die Gorillas standen noch immer an der Reling, schienen aber nicht die Absicht zu haben, etwas zu unternehmen.

Capello schob den Gangwähler auf »Fahrt« und gab Gas. Die lange Schnauze des Olds hob sich, als die Hinterräder packten und der Wagen davonschoß.

Phil und ich traten auf den Hof des Districtgebäudes hinaus und gingen zu dem ziemlich neuen Chevrolet Impala hinüber, den Ben Harper, der Leiter der Fahrbereitschaft, für uns lockergemacht hatte.

Während ich mich auf den Beifahrersitz fallen ließ und müde die Beine von mir streckte, klemmte sich Phil hinter das Steuerrad, startete und lenkte den Wagen auf die 69. Straße hinaus. Ich war jetzt endgültig so weit, daß ich nur noch an mein Bett denken konnte und an sonst nichts mehr. Frank Capello, sein Komplice und die Yacht, die mir auf der Insel vor der Nase davongefahren waren, konnten mir gestohlen bleiben. Keine feine Denkungsweise für einen G-man, zugegeben, aber ich war eben auch nur ein Mensch und fertig, zerschlagen und zerschunden.

In unserem Office hatte ich mir neue Klamotten übergezogen, die ich für alle Fälle dort verwahrt hatte. Die zerrissene Hose hatte ich seufzend in den Müllschlukker gestopft – sie war nicht mehr zu retten gewesen. In der Schulterhalfter steckte eine neue Kanone. Eine schöne, neue, zuverlässige Waffe, wie der Waffentechniker versichert hatte. Halsstarrig hatte ich darauf bestanden, daß der neue Smith & Wesson nicht auf meinen Namen eingetragen wurde – ich wollte meinen alten wiederhaben, gereinigt, überholt und frisch geölt. Ich hänge nun mal an dem Ding. Jack Stoneward hatte schließlich nachgegeben und versprochen, meinen Revolver bis Montag zu überholen.

Ich spürte, wie die Müdigkeit von meinem Körper Besitz ergriff, und schloß die Augen. Mein letzter Eindruck waren die Lichter der Fünften Avenue, als der Chevrolet an der Mauer der Central Park entlang nach Süden fuhr.

Mein Unterbewußtsein reagierte auf das vertraute Summen, und ich riß die Augen wieder auf. Erstaunt stellte ich fest, daß wir immer noch am Central Park entlangfuhren, ich konnte also noch gar nicht geschlafen haben. Das Sprechfunkgerät vor mir summte immer noch, und das rote Licht stach mir unangenehm in die Augen.

»Wenn du rangehst, ist unser Feierabend im Eimer«, meinte Phil warnend.

Ich knurrte etwas Undeutliches vor mich hin und hakte das Mikro ab. »Cotton«, meldete ich mich.

Die Stimme des Chefs drang aus dem Lautsprecher. »Jerry, wie versprochen habe ich eine Nachricht für Sie. Vor etwa einer Stunde ist eine Yacht in den Hafen von Centerport eingelaufen. Ob es die ist, mit der die Gangster geflohen sind, steht natürlich noch nicht fest. Ich wollte Sie aber schon unterrichten. Ich habe den Sheriff gebeten, Nachforschungen anzustellen.«

»Okay«, murmelte ich.

»Das Schiff heißt RED SUSAN«, fuhr der Chef fort, »und ist für Henry S. McGaw zugelassen.«

Ich fuhr steil in meinem Sitz hoch. Im Nu war ich hellwach. »McGaw, sagten Sie?«

»McGaw«, bestätigte Mr. High. »Näheres weiß ich auch noch nicht. Wie gesagt, habe ich den Sheriff gebeten . . .«

»Pfeifen Sie ihn zurück«, bat ich. »Wir fahren hin.«

Phil hatte auch schon geschaltet. Die Sirene auf dem Dach begann zu heulen, und der Chevy schoß die Fünfte Avenue hinab auf die Zufahrt zum Queens-Midtown-Tunnel zu.

John D. High schwieg fünf Sekunden lang. Dann sagte er: »Ich hätte ja wissen müssen . . .« Und zögernd fügte er hinzu: »Okay. Aber passen Sie auf! McGaw ist gefährlich.«

Das war eine gelinde Untertreibung. McGaw gehörte zu den undurchsichtigsten Figuren der Staaten. Nach außen hin stellt er einen überaus erfolgreichen Geschäftsmann dar. Er verfügt über Beteiligungen an angesehenen Zeitungen, er kontrolliert mehrere Film- und Fernsehstudios, Künstleragenturen, Werbeagenturen, Schallplattengesellschaften. Und ihm sollen zwei Spielhöhlen in Las Vegas gehören. Und zu allem Überfluß verfügt er über eine straff organisierte Gangsterbande. Kurz gesagt, McGaw ist genau das, was man einen Edelgangster nennt. Einer von der Sorte, die sich nicht schnappen läßt, einer, dem nie etwas nachzuweisen ist. Sollte er diesmal eine Fehler gemacht haben?

McGaws Yacht hatte zwei Gangster aufgenommen, die soeben einen schweren Raubüberfall verübt hatten. An einen Zufall mochte ich nicht glauben.

Oder doch? Sofort meldeten sich Zweifel. Hatte McGaw es nötig, bei einem lumpigen Zweihunderttausend-Dollar-Job mitzumischen? Für einen Mann wie McGaw nicht mehr als ein gutes Trinkgeld. Und außerden steht noch gar nicht fest, daß es sich bei der Yacht, die ich gesehen hatte, um McGaws RED SUSAN handelte.

Der Chevrolet tauchte in den Tunnel, der den East River unterquert. Das gellende Heulen der Sirene brach sich an den Tunnelwänden. Ich schloß wieder die Augen. In spätestens einer halben Stunde würde ich mehr wissen, dachte ich grimmig. Vielleicht würde ich einen Grund finden, mit Henry S. McGaw ein sehr, sehr ernstes Wörtchen reden zu können.

Vorsichtig steuerte Capello den großen Olds über die 25A in Richtung Queens. Die Scheinwerfer rissen einen Wegweiser aus der Finsternis. Manhattan 36 Meilen.

Die glatte Betonstraße war hier naß, vor kurzem mußte ein heftiger Regenschauer niedergegangen sein. Capello setzte die Geschwindigkeit noch weiter herab, als vor ihm ein kleiner Lastwagen auftauchte. Der Wagen zog einen dichten Wasserschleier hinter sich her. Die Tropfen prasselten plötzlich auf die Windschutzscheibe des Olds, als er sich dem Laster näherte. Im Nu rann das Wasser über die Scheibe, und Capello konnte nichts mehr sehen. Nervös trat er auf die Bremse und suchte nach dem Schalter der Scheibenwischer. Er zuckte zusammen, als die großen Wischerblätter, von der Automatik eingeschaltet, plötzlich aus den Schlitzen unter der Scheibe auftauchten und über das Glas fuhren.

Capello überholte den Laster und setzte sich vor ihn. Die Straße lag leer und dunkel da. Capello kannte nur einen Gedanken: Manhattan. Er mußte die City von New York erreichen. Obwohl er New York nur oberflächlich von einigen Episoden her kannte, hoffte er, in der großen Stadt am ehesten untertauchen zu können. Es mußten tausend Möglichkeiten für ihn geben, sich einige Tage zu verbergen. Capello war zuversichtlich.

Dann dachte an das Girl auf dem Rücksitz und an den Mann, der McGaw hieß. McGaw, McGaw. Hatte er den Namen schon einmal gehört? Er zermarterte sich das Gehirn – vergeblich. Er wußte, daß er die beiden aus dem Wagen schmeißen sollte, und zwar so bald wie möglich. Warum zögerte er noch?

Und plötzlich fiel Capello siedendheiß etwas ein. Der Queens-Midtown-Tunnel war gebührenpflichtig. Jedes Auto mußte an einem der drei oder vier Schalter halten, um die Tunnelgebühr zu entrichten. Was war, wenn dort schon G-men oder Polizisten standen und in jeden Wagen hineinsahen? Und er hatte zwei gekidnappte Personen an Bord. Capello spürte, wie ihm der Schweiß aus allen Poren brach und kalt am Körper herablief. McGaw brach unvermittelt das Schweigen. »Wieviel habt ihr denn erwischt?« fragte er.

»Erwischt?« Capello begriff nicht sofort.

»Wieviel ist in den Säcken, auf denen dein Partner sitzt?«

»Hunderttausend, schätze ich«, antwortete Capello verdrossen. Der Kerl auf dem Rücksitz sollte ruhig wissen, daß er, Capello, kein kleiner, mieser Ladendieb war.

»Sieh mal an«, lobte McGaw. Capello konnte nicht feststellen, ob das ironisch gemeint war. Die nächsten Worte des Mannes klangen eher noch rätselhafter. »Ich glaube allerdings nicht, daß du davon auch nur einen einzigen Dollar ausgeben wirst.«

In Capello stieg der Zorn auf. Er umklammerte heftig das Steuerrad und antwortete nicht.

»Du hast nur eine Chance«, sagte McGaw leise, fast unbeteiligt.

McGaw verstummte. Capello wollte nicht fragen, aber die Stimme des Mannes hatte etwas Zwingendes, und widerwillig fragte Capello endlich: »Und die wäre?«

»So einen harten Burschen wie dich kann ich immer brauchen. Laß dich auf meine Lohnliste setzen, und du bist allen Kummer los. Ein für allemal.« Capello biß die Zähne zusammen und fuhr schneller, er wollte die Stimme nicht mehr hören. »Aber ohne den Schwachsinnigen da«, fügte McGaw noch hinzu.

Dix Hawthorn begann heftig zu protestieren.

»Sei ruhig, Dix«, sagte Capello warnend. »Wir bleiben zusammen.«

»Deine Beute mußt du natürlich abgeben«, fuhr McGaw unbeirrt fort. »Dafür bekommst du einen erstklassigen Lohn . . .«

»Halten Sie die Schnauze!« brüllte Capello.

»Du willst also nicht?«

»Nein!« schrie Capello.

McGaw lachte tatsächlich leise. »Das war deine einzige Chance, Junge. Wirklich«, versicherte er, »deine einzige.«

»Noch haben wir Sie«, widersprach Capello, diesmal ruhiger. Er wollte sich nicht reizen lassen.

»Noch«, gab McGaw rätselhaft zurück. »Aber ich werde dir nichts nützen. Ob du mich umlegst oder nicht, Junge, du hast verloren.«

Capello spürte wieder den kalten Schweiß auf seiner Haut. Der Kerl sprach so verdammt sicher. Dabei hatte er zuerst den Eindruck eines Schlappschwanzes gemacht. Capello fluchte lautlos. Er hatte den Mann nach dem ersten Eindruck beurteilt, den Fehler sah er jetzt ein.

»Dix«, sagte er. »Durchsuche unseren Fahrgast nach Waffen.« Beinahe wieder ein Fehler, dachte Capello. Er hörte, wie Dix auf dem Rücksitz rumorte.

»Nichts, Frank«, berichtete er. »Der Kerl ist sauber.« Capello hatte nichts anderes erwartet. Ein Mann vom Kaliber McGaws schoß nicht mehr selbst.

Plötzlich summte etwas hinter Capello. Irritiert nahm er den Fuß vom Gas. »He, Frank!« schrie Dix aufgeregt, »hier ist ein Telefon!«

Capello steuerte den schweren Wagen auf den Seitenstreifen, bremste und hielt. Dann wandte er sich um. McGaw schaltete eine kleine Lampe ein und lächelte Capello an.

»Soll ich rangehen oder nicht?« fragte McGaw.

Capello starrte dem Mann in die grauen Augen. Unaufhörlich summte es aus einem lederbezogenen Kasten, der hinter der Lehne des Fahrersitzes befestigt war. Er drehte kurz den Kopf und sah das Girl an, das in seinem Sitz zusammengesunken dasaß und sich nicht rührte.

»Es ist deine Entscheidung, Junge«, sagte McGaw. »Nur – ich an deiner Stelle würde mich beeilen. Wenn meine Jungs keine Antwort bekommen, befürchten sie sicher das Schlimmste. Sie sind dann nicht mehr zu halten.«

Capello hob die Pistole und legte den Lauf auf die Lehne. »Machen Sie schon«, knurrte er.

McGaw beugte sich lächelnd vor und öffnete den Kasten. Seine schlanken Finger griffen nach dem cremefarbenen Hörer des Telefons. Immer noch lächelnd hielt er die Hörmuschel fest ans Ohr gepreßt. »Ja?« meldete er sich dann.

Unruhig beobachtete Capello den Mann.

McGaw lauschte aufmerksam. »Ich kann nicht klagen«, sagte er. »Nein, nein . . . Niemanden . . . nur Baynes sollte Bescheid wissen . . .« McGaw runzelte die Stirn, lauschte und sah Capello nachdenklich an. »Laß mal, Jungs«, sagte er dann milde. »Ihr könnt doch nicht alle Brücken und den Tunnel nach Manhattan überwachen . . .«

Capello zuckte zusammen. »Schluß jetzt«, fauchte er böse.

McGaw reagierte gelassen. »Ich muß jetzt Schluß machen«, sagte er, »ich melde mich wieder, Jungs.« Behutsam legte er den Hörer zurück. »Warum so nervös, Junge? Meine Jungs wissen doch nicht, wo ich bin.«

»Licht aus«, befahl Capello. McGaw fügte sich. Capello überlegte fieberhaft. Er hatte das Gefühl, von

McGaw hereingelegt zu werden. Oder schon hereingelegt worden zu sein. Der Satz mit den Brücken und dem Tunnel, die nicht überwacht werden sollten, hatte verdammt nach einer Verabredung geklungen. Er dachte an die beiden Männer, die ihren Chef im Hafen erwartet hatten. Wenn McGaw noch mehr Burschen vom gleichen Kaliber in petto hatte, dann konnte er sich gute Nacht sagen ...

Entschlossen drehte er sich um und fuhr wieder an. Wieder hatte er den Kleinlaster vor sich, den er vor kurzem überholt hatte. Diesmal blieb er hinter dem Wagen. Er brauchte Zeit zum Nachdenken. Capello fuhr eine halbe Meile, dann ließ er den Olds wieder an den Straßenrand rollen und hielt. Plötzlich hatte er Angst vor Manhattan.

»Ratlos?« fragte McGaw.

»Halten Sie endlich die Schnauze!« rief Capello gereizt.

Plötzlich rührte sich das Girl neben Capello. Sie legte ihm ihre Hand auf den Arm und wandte ihm das Gesicht zu. Das blonde Haar schimmerte trotz der Dunkelheit, und Capello sah auch die glänzenden Augen. »Lassen Sie mich raus«, sagte sie leise. »Bitte. Ich habe Angst.«

Capello schüttelte stumm den Kopf.

»Bitte ... Ich fahre nach Haus und werde alles vergessen, was heute war ...«

»Nein«, sagte Capello stur.

Von hinten glitten Scheinwerfer heran, der Innenraum lag plötzlich in helles Licht getaucht. Capello blickte in den Rückspiegel. Eine Limousine näherte sich mit hoher Geschwindigkeit, wurde langsamer, scherte aus der Fahrbahn und glitt langsam heran. Jetzt erkannte Capello die zwei Dachlichter. Polizei!

Blitzschnell klemmte er die Pistole zwischen die Beine. Er hörte, wie ein Wagenschlag geöffnet und zugeworfen wurde. Dann näherten sich schwere Schritte.

Capello behielt die Nerven. Er hatte gesehen, daß nur einer der beiden Polizisten ausgestiegen war. Er sah die Silhouette des anderen im Rückspiegel. »Ein falsches Wort, und es gibt ein Blutbad«, drohte er leise und öffnete die Tür. Den Schalter für das elektrisch betriebene Seitenfenster hätte er so schnell doch nicht gefunden.

Eine massige Gestalt in blauer Uniform schob sich in Cappelos Blickfeld. »Guten Abend«, grüßte eine tiefe Stimme. »Stimmt etwas nicht?«

»Alles klar«, sagte Capello fest. »Mein Chef hatte ein Telefongespräch zu erledigen.«

»So, so.« Der Cop spähte neugierig in den Innenraaum, musterte das Girl, dann Dix und ließ seinen Blick eine Weile auf McGaws Gesicht verweilen.

McGaw nickte herablassend. »Stimmt schon, Officer. Wir kommen gerade von einer Kreuzfahrt mit meiner Yacht zurück. Ich hatte etwas mit meinem Generalbevollmächtigten zu besprechen.«

Der Hinweis auf die Schiffstour schien das Mißtrauen des Polizisten zu besänftigen, falls es überhaupt vorhanden gewesen war. Allerdings wirkte Capello in seinem zerknitterten Aufzug kaum wie ein herrschaftlicher Chauffeur, aber McGaws Auftreten strahlte Autorität aus. Und vielleicht hatte der Cop von dem Hurrikan gehört, jedenfalls richtete er sich auf und wedelte mit der Hand.

»Fahren Sie weiter, bitte«, sagte er. »Hier ist nämlich Parkverbot.« Er trat einen Schritt zurück.

Capello schlug die Tür zu und gab behutsam Gas.

McGaw meldete sich wieder. »Nun?« forschte er. »Ist dir etwas eingefallen?«

Capello schwieg verbissen. Er beobachtete den Streifenwagen, der gerade anfuhr und ihm folgte. Capello blieb stur bei der Geschwindigkeit von vierzig Meilen, obwohl in diesem Abschnitt sechzig erlaubt waren. Endlich scherte der Polizeiwagen auf die Überholspur und rauschte vorbei. Capello atmete unhörbar auf.

»Manhattan gefällt dir wohl nicht mehr, wie?« McGaw schnaufte verächtlich. »Ich an deiner Stelle würde die nächste U-Bahn-Station ansteuern und mit der Subway in die City fahren.«

»Wir bleiben noch etwas zusammen.«

»Du gefällst mir, Junge«, fuhr McGaw unbeirrt fort. »Du hast gute Nerven. Wirklich, das gefällt mir. Vielleicht sollte ich dir deshalb noch mal einen Vorschlag machen.«

Capello schwieg. Er nahm sich vor, sich auf nichts einzulassen. Von McGaw hatte er nichts zu erwarten, das war ihm klar.

»Keine drei Meilen von hier steht eins meiner Filmstudios«, sagte McGaw versonnen. »Es steht zur Zeit leer. Dort sind Betten, eine Kantine mit vollem Kühlschrank . . .«

»Seien Sie still!«

Nancy richtete sich auf. »Doch, doch«, versicherte sie eifrig. »Ich kenne das Studio, ich war vor kurzem noch da. Es steht wirklich leer!«

Capello preßte die Lippen zusammen und sah starr geradeaus.

»Frank, Frank«, wimmerte Dix. »Ich habe Hunger! Und Durst auch!«

»Dann hättest du eben nicht kotzen sollen«, knurrte Capello.

»Ts, ts, ts«, machte McGaw. »Warum so stur?«

Auch Capello spürte plötzlich seine Müdigkeit und Hunger und Durst, und der Gedanke, den McGaw aufgeworfen hatte, begann beharrlich in seinem Kopf zu pochen. Sachlich stellte er fest, daß die Begegnung mit dem Polizisten ihm doch einen Schock versetzt hatte.

Seine Fäuste umklammerten das Steuerrad, aber er

spürte seine Arme nicht mehr, und das Bild der Straße verschwamm von Zeit zu Zeit vor seinen Augen.

»Wo ist das?« fragte er fast gegen seinen Willen.

»In Queens«, antwortete McGaw. »Zwei Meilen noch und dann links ab. Elmhurst heißt die Gegend . . .«

»Und kein Nachtwächter?« fragte Capello mißtrauisch.

»Keiner. Elektrische Alarmanlage.«

»Und wie kommen wir rein? Haben Sie etwa einen Schlüssel bei sich?«

»Du wirst es kaum glauben, Junge, aber ich habe einen. Ich habe einen Schlüssel, der sämtliche Türen öffnet, hinter denen Geld von mir steckt.«

Wie praktisch, dachte Capello matt. Er spürte, wie er nachgab, und wehrte sich noch.

»Komm, Frank, laß uns hinfahren.« Dix' Stimme klang weinerlich. »Nur was essen. Dann machen wir den Kerl kalt und hauen mit der Puppe ab. Ja, Frank?«

»Halt endlich den Rand!« drohte Capello. »Hier wird niemand kaltgemacht.«

Capello überlegte noch zwei Sekunden, wägte seine Chancen ab und beschloß, es zu wagen. »Okay«, seufzte er. »Wohin?«

McGaw beschrieb den Weg. Sie fuhren über den hell erleuchteten Northern Boulevard durch die nördlichen Vororte von Queens. Hinter der Kreuzung mit dem Grand Central Parkway, der zum La-Guardia-Flugfeld führt, ließ McGaw nach links abbiegen. Der schwere Wagen glitt durch düstere Straßen, vorbei an alten Fabrikhöfen und abbruchreifen Wohnhäusern. Mißtrauisch betrachtete Capello die Gegend. Kaum ein Wagen war auf den Straßen zu sehen, und Fußgänger schon gar nicht.

Plötzlich verließen sie das finstere, enge Viertel. Vor ihnen lag ein weites, locker bebautes Gelände. Moderne, flache Fabrikhallen wechselten ab mit hohen

Bürogebäuden. Dazwischen standen die Rohbauten neuer Häuser.

Der Olds rumpelte über eine nicht befestigte Straße, an deren Ende eine große, schneeweiße Halle im Licht zahlreicher Bogenlampen stand. Das fensterlose Gebäude war von einem Maschendrahtzaun umgeben. Capello stoppte vor dem Tor und wandte sich um. McGaws Gesicht war im Widerschein der Neonlampen gut zu erkennen.

»Geben Sie ihm den Schlüssel«, befahl Capello mit einer Kopfbewegung zu Dix hin.

McGaw zog ein ledernes Schlüsseletui aus seiner Hosentasche, öffnete es und suchte einen Schlüssel heraus. »Dieser«, sagte er nur.

Dix sprang aus dem Wagen, und wenig später glitt der Olds über den weiten Hof. Dix schloß das Tor wieder und lief hinter dem Wagen her.

An der Stirnseite der Halle befanden sich zwei große, eiserne Rolltore. Daneben führte eine kleine Tür hinein. Capello, McGaw und Nancy stiegen aus. Dix lief auf die kleine Tür zu und wollte schon den Schlüssel ins Schloß schieben.

»Stop!« rief McGaw. »Laß mich das lieber machen!«

»Warum?« fragte Capello mißtrauisch.

»Wegen der Alarmanlage«, erwiderte McGaw, »eine falsche Bewegung, und ihr habt die Bullen auf dem Pelz.«

McGaw ging zur Tür. Capello faßte die Pistole fester und stellte sich neben ihn. Dix hatte die Geldsäcke aus dem Wagen geholt und wartete neben dem Girl.

Lautlos sprang die Tür auf. McGaw ging voraus, die anderen folgten. Im Dunkeln durchquerten sie einen kleinen Vorraum. Wieder öffnete McGaw eine eiserne Tür. Capello blieb dicht hinter ihm. Er spürte, daß er in einer großen Halle sein mußte.

»Augenblick, ich mache Licht.« McGaws Stimme

klang hohl. Dix stieß an Capello, löste sich aber gleich wieder von ihm.

Plötzlich flammten mehrere Deckenlampen auf, Schatten zuckten über den Boden. Capello riß entsetzt die Augen auf. Er hatte eine Szene wie aus einem fürchterlichen Alptraum vor sich. Genau vor ihm stand ein düsteres Haus mit gähnenden Fensteröffnungen, und in der kleinen Tür lehnte ein schneeweißes Skelett. Nancy schrie unterdrückt auf. Wie in einer Momentaufnahme biß sich das Bild dieser Grusellandschaft in Capellos Gehirn. In diesem Moment erlosch das Licht wieder. Und direkt neben Capello schrie jemand gellend auf und schrie, schrie . . .

Ich wachte erst wieder auf, als Phil den Chevy vor der Police Station von Centerport stoppte. Eine blaue Lampe schaukelte träge über dem Eingang des flachen Gebäudes; auf dem Parkplatz standen zwei Radio-Cars. Phil stieg aus, und ich folgte ihm steifbeinig.

Die Luft roch nach Wasser und Fisch und nassem Holz und schmeckte salzig. Sie erinnerte mich unangenehm an meine Abenteuer im Hurrikan. Ich konnte kaum glauben, daß diese Ereignisse erst fünf Stunden zurücklagen, und noch unwahrscheinlicher schien mir, daß der Hurrikan Long Island offenbar überhaupt nicht berührt hatte.

Wir stiegen die wenigen Holzstufen hinauf und betraten den Wachraum. Hinter der Barriere saß ein uniformierter Polizist und döste über einer Schreibmaschine. Als er uns bemerkte, sprang er auf.

»Wir sind vom FBI New York«, sagte Phil und klappte seine ID-Card auf. »Mein Name ist Phil Decker, das ist mein Kollege Jerry Cotton.«

Der Beamte öffnete die Pendeltür in der Barriere. »Kommen Sie bitte herein. Mr. Facey erwartet Sie schon.« Er führte uns zum Office des Sheriffs.

Sheriff Facey mußte uns schon gehört haben, denn er stand bereits in der Tür.

»Edward Facey«, sagte er und reichte uns eine schwielige Hand. Facey mochte Ende Vierzig sein. Er hatte dunkles, volles Haar, das glatt zurückgekämmt war. Sein Gesicht war baraungebrannt, breit, flach und faltig, und die hellblauen Augen blickten klar und durchdringend unter buschigen Brauen hervor. Die Brauen schienen das einzig Vorspringende an diesem Gesicht zu sein. Facey war schlank, fast hager. Das helle Uniformhemd schlotterte um seinen knochigen Brustkorb. Aber sein Händedruck war fest, Marke Seebär, und ließ die Kraft ahnen, die in dem Mann steckte.

»Ich zeige Ihnen, wo der Kahn liegt«, sagte er. Mit einer schwingenden Bewegung legte er einen schweren Revolvergurt um seine Hüften und zog eine Jacke über.

Mit unserem Chevrolet fuhren wir das kurze Stück zum Hafen hinunter. Die Pier lag wie ausgestorben. Die hohen Bogenlampen leuchteten die Anlegestege mit den Liegeplätzen der kleinen Motorboote, der schlanken Segelyachten und der größeren Privatkreuzer voll aus.

Der Sheriff zeigte uns den Weg zu einem etwas abseits gelegenen Teil des Yachthafens, in dem die ganz großen Motoryachten unter sich waren. Ich musterte die Schiffe, die hier festgemacht waren. Die meisten waren unbeleuchtet, aber doch gut zu erkennen. Ich versuchte, mich an die Form der Aufbauten des Schiffes zu erinnern, das ich bei der Insel gesehen hatte, aber das war gar nicht so einfach. Ich hatte von der Yacht kaum mehr als das Heck gesehen, bevor sie im Toben des Sturms und der See verschwand.

»Stop«, sagte der Sheriff. Wir hielten an der Ufermauer und stiegen aus. Facey ging voraus und betrat einen breiten, hölzernen Anlegesteg. Links und rechts lagen je drei oder vier große Yachten. Hinter einigen Kajütfenstern eines Schiffes auf der linken Seite brannte Licht. Der Rumpf war weiß, die Aufbauten mit dem Steuersalon braun. Hinter den spiegelnden Scheiben des Steuersalons schimmerten blaß ein gelbliches Licht. In erhabenen Buchstaben stand der Name der Yacht am Rumpf: RED SUSAN. Der Sheriff blieb stehen.

»Das ist es«, sagte er.

Ich ging an der RED SUSAN vorbei und betrachtete die Form des Hecks, aber ich war meiner Sache nicht sicher. Ich ging zu den anderen zurück. »Gehen wir an Bord«, entschied ich.

Das Deck lag etwa in Augenhöhe vor uns. Eine Leiter war nicht zu sehen. Der Sheriff schwang sich behende an Bord, Phil und ich folgten. Eine kurze Treppe führte zum Ruderstand. Jetzt ging ich vor. Ich lockerte meinen Smith & Wesson, ließ die Waffe aber stecken. Falls die Gangster an Bord gewesen sein sollten, waren sie es jetzt bestimmt nicht mehr. Aber man konnte nie vorsichtig genug sein. Ich stellte mich auf die Zehenspitzen und spähte ins Innere. Ich erkannte eine Reihe Instrumente, das Steuerruder und den Kartentisch. Eine Tür stand offen, die Lampe aus dem dahinterliegenden Niedergang warf einen matten Schein in den Raum. Ich drehte vorsichtig den Türknauf. Die Tür sprang auf.

Der Sheriff, Phil und ich schlüpften leise hinein. Ich fühlte mich nicht ganz wohl in meiner Haut und machte mir Vorwürfe, weil ich es versäumt hatte, mir einen Durchsuchungsbefehl ausstellen zu lassen. Ich sah Phil an. Auch er schien den gleichen Gedanken zu haben, ich merkte, wie er zögerte. Ein Schiff darf genausowenig wie ein Haus oder eine Wohnung ohne Aufforderung oder ohne richterlichen Durchsuchungsbefehl betreten werden, von wenigen Ausnahmen abgesehen. Und ein Grund zu einer Ausnahme lag kaum vor. Ich hatte die RED SUSAN nicht eindeutig als die Yacht identifizieren können, mit der Capello und sein Komplice von der Insel entkommen waren. Wenn McGaw sich auf die Zehen getreten fühlte, konnte er einen ganz schönen Wirbel mit uns veranstalten. Und zu Recht, wie ich zugeben mußte.

Ich spähte in den Niedergang und lauschte, aber nichts war zu hören. Ich erkannte einige Türen, die von dem schmalen Gang abzweigten, aber alle waren geschlossen. Ich zuckte die Achseln. Es hatte keinen Zweck, wir mußten uns melden.

»Hallo!« rief ich laut. »Jemand an Bord?« Gespannt warteten wir.

Es verging kaum eine Sekunde, als zwei Türen gleichzeitig aufgerissen wurden. Ich sah auf einen breitschultigen Mann mit borstigem Blondhaar herab, der verwundert zu mir heraufstarrte. Die andere Tür war zur Hälfte von der Oberkante des Niederganges verdeckt. In dem kleinen Ausschnitt, der in meinem Blickfeld lag, sah ich zwei Paar Beine – Männerbeine. Ich spürte, wie sich meine Kopfhaut zusammenzog. Langsam brachte ich meine rechte Hand in die Nähe meiner Schulterhalfter.

»Wer sind Sie?« fragte der Borstenhaarige.

Der Sheriff antwortete. »Ich bin's, Mark«, er schien den Mann zu kennen, »Ed Facey.«

Die Haltung des Mannes unten im Gang lockerte sich etwas, und er begann, die Stufen hochzusteigen. Die Beine im Hintergrund rührten sich nicht. Sie steckten in schwarzen, sauberen Hosen mit scharfen Bügelfalten. Als ich Capello zuletzt sah, trug er eine dunkelblaue Hose, aber eine, die keine Bügelfalten mehr aufwies, nur noch Löcher. Ich entspannte mich etwas, blieb aber wachsam. Capello konnte sich längst umgezogen haben.

Der Mann betrat das Ruderhaus und musterte uns der Reihe nach.

Dann wandte er sich mit finster zusammengezogenen Brauen an den Sheriff. »Was soll das heißen, Ed?« fragte er grollend.

»Das sind zwei Beamte vom FBI«, sagte Facey, auf Phil und mich weisend. »Mr. Cotton und Mr. Decker. Sie hätten Sie gern gesprochen.« Facey blickte mich an. »Das ist Mark Kelly, der Kapitän dieser Yacht. Wir kennen uns seit vielen Jahren.«

Ich nickte, das konnte die Sache nur erleichtern. »Wann haben Sie heute«, ich warf einen schnellen Blick auf die Uhr und verbesserte mich, »gestern abend hier angelegt, Mr. Kelly?«

Der Kapitän runzelte die Stirn. »Warum wollen Sie das wissen?«

»Das erkläre ich Ihnen gern. Aber beantworten Sie mir bitte erst meine Frage.«

Kelly sah den Sheriff an. »Muß ich antworten?« fragte er.

»Es wäre besser«, sagte Facey.

»Es war kurz vor elf.«

»Woher kamen Sie?«

»Von Dennis Port, Cape Cod.«

»Dann sind Sie durch den Hurrikan gekommen? Haben Sie irgendwo angelegt?«

Mark Kelly zögerte einen winzigen Augenblick, ehe er bestimmt den Kopf schüttelte.

»Wer war an Bord während der Fahrt?«

»Drei Besatzungsmitglieder und . . .«, wieder zögerte er, »und . . . einige Damen, Bekannte von Mr. McGaw.«

»Wie viele?«

»Äh – fünf.«

»Sind sie noch an Bord?«

»Ja, sie übernachten hier. Wir sind später eingelaufen, wegen des Sturms.«

»Wer sind die beiden Männer, die eben unten im Gang standen?«

»Die beiden?« Kelly stockte. Ich fühlte, daß er unsicher war, er wollte Zeit gewinnen, wenn das stimmte, was ich vermutete: Der Kapitän log. Und er war unsicher, weil er nicht mit der Polizei gerechnet hatte.

»Ja«, sagte ich ungeduldig, weil ich ihm keine Zeit zum Überlegen lassen wollte. »Die beiden Männer am Ende des Ganges.«

»Die hat Mr. McGaw geschickt, sie sollten die Damen abholen. Aber weil es so spät geworden ist . . .«

»Das sagten Sie schon«, unterbrach ich den Kapitän. »Wo steht denn der Wagen?«

»Welcher Wagen?« Kelly sah mich nicht mehr an. Ich hatte ihn in die Enge getrieben.

»Die Männer sollten die Damen abholen, stimmt das?«

Kelly nickte.

»Okay«, fuhr ich ungeduldig fort. »Womit? Mit einem anderen Schiff? Mit einem Hubschrauber? Mit der Eisenbahn?«

Kelly schüttelte stumm den Kopf. »Ich weiß es nicht.«

»Na schön«, sagte ich. »Dürfen wir uns auf dem Schiff mal umsehen?«

Kelly trat zur Seite und gab den Weg frei. Ich stieg die Stufen hinab, die andern folgten mir. Die Tür im Hintergrund war wieder geschlossen.

»Schlafen die Damen schon?« fragte Phil den Kapitän.

»Ich weiß es nicht«, antwortete Kelly. »Vorhin waren einige noch im Salon.«

Ich ging auf die Tür zu, in der ich kurz zuvor die Beine gesehen hatte, klopfte und öffnete gleich. Ich blickte in einen großen, mit schweren Möbeln eingerichteten Raum. Auf einem Tisch standen mehrere teuer aussehende Flaschen, vor denen zwei Männer saßen. Auf einer niedrigen Couch hockten zwei Girls, was sage ich, süße Käfer in aufregend kurzen Minikleidchen, blutjung und mit großen, unschuldig strahlenden Kinderaugen. Fünf Girls von der Sorte, dachte ich, und keine Playboys vom entsprechenden Kaliber an Bord? Das gibt es doch nicht. Denn die beiden Figuren gehörten nicht in den Raum, nicht auf das Schiff und nicht zu den Girls. Ihre Gesichter gehörten eher in Karteien verschiedener Polizeibehörden, und ich war fest überzeugt, sie dort auch finden zu können – ich müßte nur lange genug suchen.

Die beiden Figuren sahen uns ausdruckslos an. Beide schienen etwa Anfang bis Mitte Dreißig zu sein. Sie steckten in gutsitzenden schwarzen Anzügen, trugen modische Hemden und etwas zu grelle Krawatten. Der eine hatte ein kantiges, weit vorspringendes Kinn mit bläulich schimmernden Bartstoppeln und einen schmallippigen, verkniffenen Mund. Der andere war dunkelblond, etwas kleiner als der Schmallippige, dafür aber breiter und wuchtiger. Beide wirkten kalt, unbeteiligt.

Ich zeigte meinen FBI-Ausweis und nannte unsere Namen. Die Männer sahen uns weiter stumm an.

»Wie heißen Sie?« fragte ich Schmallippe.

»Tony Varese«, kam die gleichgültige Antwort.

»Und Sie?«

Der Wuchtige verzog unwillig das Gesicht. »Egon Marsh«, murmelte er.

»Ich heiße Carole Crump«, sagte eins der Girls, ein rothaariges Ding mit weißer Haut und vollen, nur leicht geschminkten Lippen. Ich nickte nur, die Girls interessierten mich erst in zweiter Linie.

Aber auch das andere Mädchen wollte sich in Szene setzen. »Ich heiße Fanny, aber nicht Hill«, sie kicherte albern. »Fanny Edge.«

Ich verkniff mir eine sarkastische Bemerkung und

wandte mich den beiden Männern zu. »Wann sind Sie an Bord gekommen?« fragte ich.

»Als das Boot anlegte«, antwortete Schmallippe träge.

»Und wer hat das Schiff verlassen?«

»Niemand.«

Ich beobachtete unauffällig die Girls, aber ihre Mienen verrieten nichts. Während wir oben mit dem Kapitän sprachen, hatten die vier hier unten Zeit genug, um ihre Aussagen aufeinander abzustimmen. Ich wußte, daß ich hier nicht weiterkommen konnte. Ohne ein Wort verließ ich den Salon und zog die Tür hinter mir zu.

»Wo schlafen die anderen Damen?« fragte ich Kapitän Kelly.

Er wies mit dem Kopf auf einige Türen. Ich klopfte an eine, erst leise, dann heftiger, bis eine verschlafene Stimme rief: »Wer ist denn da?«

Hinter mir flog eine Tür auf. Ich sah mich um. Im Rahmen der Salontür stand der Wuchtige und starrte mich böse an.

»Ich schätze, Sie haben kein Recht, hier irgend jemanden aus dem Schlaf zu reißen«, knurrte er. »Oder etwa doch?«

»Ich habe das Recht«, antwortete ich lässig.

»Dann zeigen Sie mir doch mal den Durchsuchungsbefehl!« Lauernd sah er mich an.

»Dies ist keine Durchsuchung«, belehrte ich ihn. »Kapitän Kelly besitzt kraft seines Amtes das Hausrecht auf diesem Schiff. Er hat mir die Erlaubnis erteilt, die Räume zu betreten.«

Egon Marsh kniff die Lider zusammen. »So ist das also, Käpt'n. Bin gespannt, was der Chef dazu sagen wird.«

Die Tür vor mir sprang auf. Ein schwarzhaariges Girl mit zerknittertem Gesicht erschien im Türspalt. »Was is'n los?« fragte sie.

Ich hielt ihr meinen Ausweis vor die blinzelnden Augen. »FBI«, sagte ich laut. »Nur eine Frage, Lady, dann können Sie weiterschlafen. Wer hat das Schiff verlassen, als es hier angelegt hat?«

»Wer? Na, Mac nehme ich an. Er ist jedenfalls weg, einfach weg«, quengelte sie. »Dabei wollten wir doch zusammen . . .«

»Halt den Mund!« drohte der Wuchtige plötzlich. »Niemand hat das Schiff verlassen, vertehst du? Niemand!«

Ich gab Phil einen Wink, und mein Freund drängte den protestierenden Marsh in den Salon zurück.

»Niemand, verstehst du?« schrie der Bursche noch einmal.

Das Girl sah mich irritiert an. »Was wollte der denn?«

Ich lächelte sie beruhigend an. »Er ist wohl etwas mit den Nerven herunter. Wer ist denn Mac?«

»Na, McGaw natürlich. Wer denn sonst? Dem gehört doch das süße kleine Schiffchen. Wußten Sie das nicht?«

Ich sah, wie der Kapitän die Lippen zusammenpreßte und Phil erstaunt die Augen aufriß. Auch ich konnte meine Verblüffung kaum verbergen. McGaw war an Bord gewesen? Das veränderte die Situation natürlich schlagartig.

»Und wer ist noch von Bord gegangen?« Ich blickte die Schwarzhaarige fest an.

»Niemand«, sagte sie. »Oder meinen Sie doch? Fragen Sie doch den da!«

»Das werde ich tun. Schlafen Sie schön weiter.«

Das Girl knallte die Tür zu. Ich wandte mich an den Kapitän.

»Nun, Mr. Kelly? Haben Sie mir nichts zu sagen?«

Kelly schüttelte nur den Kopf. »Nichts.«

Ich dachte nach. Irgend etwas stimmte auf dieser Yacht nicht. McGaw war an Bord gewesen, daran zweifelte ich nicht mehr. Aber warum versuchten der Kapitän und die beiden Figuren im Salon, diese Tatsache abzustreiten? Ich sah da keinen Zusammenhang. Der Verdacht, daß McGaw seine Hände bei dem Überfall auf den Geldtransporter im Spiel gehabt haben könnte, ließ ich fallen. Diese Möglichkeit schied aus. Daß McGaws Gangster einen Überfall starten könnten, hielt ich für möglich. Aber der Gedanke, daß McGaw sich derart exponieren könnte, die Täter höchstpersönlich nach ihrem Raubzug irgendwo abzuholen, war einfach absurd.

Nein, es gab nur eine Erklärung für das Geheimnis der RED SUSAN. Die Yacht hatte auf der Insel vor Willow's Point Schutz vor dem Hurrikan gesucht, und Capello und der andere hatten von dem Schiff Besitz ergriffen. Und dann hatten sie McGaw gezwungen, sie zu begleiten. Und zwar in dem Wagen, mit dem McGaws Gorillas ihren Chef abholen sollten. Das Bild war glasklar.

Aber warum schwiegen McGaws Leute dann? Doch auch dafür fiel mir die Erklärung ein, oder besser gesagt, sogar zwei. Capello mochte McGaws Männer durch Drohungen zum Schweigen gebracht haben. Oder sie schwiegen, weil sie den Fall selbst bereinigen wollten – auf ihre Art. Ich war fest davon überzeugt, daß McGaws Schlägertrupps unterwegs waren, um ihrem Boß zu Hilfe zu kommen. Capello war ein harter Bursche. Aber McGaws Tricks war er nicht gewachsen.

Ich sah den Kapitän fest an. »Sie hatten zwei Gangster an Bord. Die beiden haben Ihren Boß gekidnappt und sind mit dessen Wagen weggefahren. Haben Sie uns immer noch nichts zu sagen?«

Kellys Gesicht wirkte fahl und eingefallen, stumm sah er an mir vorbei.

»Wollen Sie sich mitschuldig machen, wenn es zu einer Katastrophe kommt?«

»Verlassen Sie das Schiff«, sagte er statt einer Antwort. »Sie wissen ja schon alles.«

Immerhin, das war eine Bestätigung. Ich sah ein, daß wir im Moment nicht mehr aus dem Kapitän herausholen konnten.

Eilig verließen wir die RED SUSAN und liefen zu unserem Wagen.

»Wohin?« fragte Phil. »Manhattan?«

»Nein«, sagte ich. »Wir müssen die Spur von hier aus aufnehmen.«

»McGaw entführt«, sagte der Sheriff plötzlich, »mein Gott! Er kam oft hierher . . . Sie müssen ihn finden!«

Ich mußte unwillkürlich grinsen. Der Sheriff sprach von McGaw schon in der Vergangenheit. »Wissen Sie«, sagte ich zu Facey, »ich fürchte nicht für McGaw. Wissen Sie, um wen ich eher Angst habe?« Der Sheriff sah mich erstaunt an und schüttelte den Kopf. »Um die beiden Burschen, die ihn gekidnappt haben. Auf die würde ich keinen miesen Dollar setzen.«

Der Schrei gellte Capello noch in den Ohren, als er schon längst in ein Röcheln übergegangen war.

»Dix!« schrie Capello. »Dix!« Capello hörte nur das Echo seiner eigenen Stimme, und dann wimmerte jemand neben ihm. Nancy! Um das Girl konnte er sich jetzt nicht kümmern. Er streckte den linken Arm aus, bis die Hand die Wand berührte. Er tastete, fühlte den Türrahmen an den Fingern und dann das kalte Metall der Tür. Er fand den Knauf, drehte und zog. Die Angst schnürte ihm plötzlich die Kehle zu. Die Tür war verschlossen!

Langsam rutschte er an der Wand entlang, eng an die Mauer gepreßt. Etwas Flatterndes stieß gegen ihn. Entsetzt schlug er danach, traf auf etwas Weiches, und ein schriller Schrei folgte. Schon wieder Nancy, dachte

Capello. Er wollte schon zurückweichen, als er es sich anders überlegte.

»He, Nancy«, wisperte er. Er hörte ein Rascheln, dann war wieder Stille. »Nancy«, wiederholte er und ließ seinen Arm kreisen. Seine Finger fanden Stoff, stießen nach, packten zu. Er hatte den Arm des Girls erwischt. Der Arm zuckte zwar, hielt dann jedoch still.

»Psch«, machte Capello beruhigend und zog das Mädchen näher zu sich heran. Er spürte ihr Zittern, als sie sich eng an ihn lehnte. Seine Linke streichelte beruhigend über ihr Haar. Behutsam strich er weiter an der Wand entlang, nur weg von der Tür, wo McGaw lauern mußte.

Die Stille wurde drückend. Einmal stieß Capellos Fuß gegen einen Gegenstand, der umfiel und ein scheppperndes Geräusch verursachte. Mit angehaltenem Atem blieb Capello stehen. Als nichts geschah, bückte er sich langsam. Seine Hand glitt suchend über den rauhen Boden. Seine Finger stießen an etwas Rundes. Es war ein hölzener Stiel. Capello hob ihn auf, spürte das Gewicht und tastete den Gegenstand ab. Es war ein Hammer! Er schob die Pistole in den Bund seiner Hose und packte den Hammerstiel mit der Rechten. Die Pistole war in der Finsternis ziemlich nutzlos, mit dem Hammer konnte er mehr anfangen, redete er sich ein.

Er atmete ein paarmal tief durch und spürte, wie sich sein jagender Herzschlag beruhigte. Du brauchst vor diesem verdammten Hurenbock keine Angst zu haben, dachte er. Der kann genausowenig sehen wie du auch. Und von diesen albernen Filmkulissen brauchst du dich auch nicht in Panik versetzen zu lassen. Er stellte sich breitbeinig hin, das Mädchen fest an sich gedrückt, und wartete ab.

Plötzlich flammte das Licht wieder auf, und Capello schloß für eine Sekunde die Augen, als der grelle Schein eines Spotlight seine Augen traf. Reflexartig zuckte seine Hand zur Pistole, der Hammer polterte zu Boden. Capello riß die Waffe hoch und schoß gleichzeitig. Der Scheinwerfer zerbarst, Splitter regneten herab. Noch eine Sekunde lang brannten andere Lampen, dann erloschen auch diese, und ein dumpfes Lachen kam irgendwoher, brach sich schauerlich an den hohlen Wänden und verebbte.

Capello zog scharf die Luft ein. Er zerrte das Girl hinter sich her und lief ein Stück in die Halle hinein, dorthin, wo die Kulisse des Spukhauses stehen mußte. Er stolperte über einen querstehenden Balken und schlug lang hin. Nancy begrub er dabei unter sich. Das Mädchen schrie wieder auf, und Capello drückte ihr seine Hand auf den Mund.

»Verdammt, sei doch nicht so hysterisch«, preßte er hervor und stöhnte leise. Er war mit dem Knie aufgeschlagen, der Schmerz zuckte durch die Knochen. Vorsichtig tastete er die Kniescheibe ab und fuhr zusammen, als seine Finger über die Schwellung strichen. Er richtete sich mühsam auf und stolperte weiter. Dann prallte er gegen eine Wand, Nancy stieß gegen ihn. Capello tastete die Wand ab. Sie schien aus Pappmaché zu bestehen und schwankte, als er dagegendrückte.

Capello drückte stärker, die Wand schwankte heftiger. Mit seinem ganzen Gewicht legte er sich dagegen, wich zurück, verstärkte den Druck wieder. Die Wand schaukelte wie eine Pappel im Wind, Holz ächzte, knallend zerbrach eine Latte. Capello spürte, wie sich die Wand plötzlich stärker überlegte und nicht mehr zurückschwang. Capello stemmte sich mit seiner Schulter dagegen, und dann wäre er beinahe gestolpert. Es knackte an vielen Stellen zugleich, etwas riß lärmend, und dann krachte die ganze Wand mit berstendem Knall zu Boden. Balken polterten hinterher, Holz splitterte, und Trümmer prasselten herab.

Capello hockte sich nieder, einen Arm hatte er schützend um seinen Kopf gelegt, mit der anderen Hand hielt er das Girl fest. Er wartete, bis das Dröhnen verhallte. Der aufgewirbelte Staub drang ihm in die Augen und in die Nase. Er öffnete den Mund, um nicht niesen zu müssen.

Und wieder war Stille, tiefe, betäubende, beklemmende Stille. Dann flammten die Deckenlampen erneut auf. Capellos Kopf ruckte herum, sein Blick glitt über die Trümmer, fiel auf eine unförmige Gestalt, die neben der kleinen Tür lag, und er zuckte zusammen. Das war Dix. Seine langen Finger hatten sich in die Säcke verkrallt, der Kopf war zur Seite gedreht. Aus starren Augen schien er zu Capello herüberzusehen. Capello zog scharf die Luft ein, als das Licht abermals erlosch. Von irgendwoher kam wieder dieses schauerliche Lachen, und dann hörte Capello eine Stimme, die deutliche Worte formte. Es war ein heller, fast kindlicher Singsang, aber der Text jagte Capello einen eisigen Schauer über den Rücken.

». . . zwei kleine Gangsterlein gerieten an einen großen, der eine wurde kaltgemacht, da war es nur noch einer . . .«

Capello wartete nicht auf die Fortsetzung. Er riß die Pistole hoch und schoß, zog immer wieder durch, leerte das ganze Magazin. Das Dröhnen der Schüsse legte sich für einige Sekunden betäubend auf seine Ohren, verhallte. Aber sein Gegner lachte nur dumpf.

Die Polizei- und Sheriffsstation von Centerport diente vorläufig als unsere Zentrale. Telefonisch hatte ich unserem Chef einen kurzen Bericht gegeben.

»Und nun?« fragte er.

»Vorrangfahndung«, schlug ich vor. »Capello hat in New York keinen Schlupfwinkel, er kennt sich nicht aus. Vielleicht fährt er noch herum.«

»Ich werde das Nötige veranlassen«, sagte Mr. High. »Wissen Sie, was für einen Wagen die Gangster benutzen?«

»Noch nicht. Aber das werde ich noch herausbekommen. Jetzt möchte ich das Archiv haben.«

»Ich stelle durch.« Es knackte in der Leitung, dann meldete sich der alte Neville.

»Hallo, Jerry«, grüßte er munter. »Was laufen Sie so spät noch in der Gegend herum? Kleine Jungs gehören ins Bett!«

»Das ist Zynismus«, grunzte ich empört. »Von Rechts wegen sollte ich jetzt ein schönes Wochenende verleben!«

Neville lachte. »Statt dessen sind Sie hinter McGaw her. Ich habe seine Akte schon vor mir liegen. Können Sie den alten Fuchs endlich festnageln?«

»Es sieht nicht so aus. McGaw ist entführt worden.«

»Entführt? Sagen Sie das noch einmal!«

»Es stimmt . . .«

»Wer ist denn so lebensmüde, ausgerechnet McGaw zu kidnappen?«

»Es war ein Versehen«, klärte ich ihn auf. »Capello und ein Komplice . . .«

»Die armen Kerle«, meinte Neville mit einem mitleidigen Unterton in der Stimme, der so echt war wie ein Platinarmband am Handgelenk einer kleinen Verkäuferin.

»Ich brauche Angaben über McGaw«, fuhr ich fort. »Wie kann ich erfahren, was für einen Wagen er fährt?«

Neville schien einen Augenblick nachzudenken. »Er ist nicht verheiratet«, sagte er dann, »und er hat verschiedene Wohnungen. Eine auf Long Island, eine zusammen mit seinem Hauptbüro auf der Madison . . . Ich würde es mal bei seinem Vize versuchen. Baynes heißt der, nennt sich Generalbevolmächtigter.«

»Haben Sie die Telefonnummer?«

»Augenblick – hier ist sie schon. 421-09008. Die Adresse ist: 56. Straße, Albany-Haus.«

»Danke, Alter«, sagte ich und drückte die Gabel nieder. Während ich die angegebene Nummer wählte, betraten zwei Cops den Raum, blickten uns erstaunt an und setzten sich an einen Tisch. Die Besatzung eines Radio-Cars, die Pause macht, dachte ich.

Das Rufzeichen ertönte, das erste Summen war kaum verklungen, als schon abgehoben wurde. »Ja?« bellte eine herrische Stimme.

»Mr. Baynes?« fragte ich.

»Am Apparat. Wer ist dort?«

Sieh mal an, dachte ich. Mr. Baynes muß neben dem Telefon gewartet haben. Das war immerhin etwas ungewöhnlich, denn die Uhr zeigte auf zehn Minuten vor zwei in der Nacht.

»Hier spricht Special Agent Jery Cotton, FBI, District New York«, antwortete ich förmlich. »Ich habe einige Fragen. Wann haben Sie zuletzt von Mr. McGaw gehört?«

»McGaw?« fragte er mißtrauisch zurück. »Warum wollen Sie das wissen? Er ist mit seiner Yacht unterwegs.«

»Machen Sie mir bitte nichts vor. McGaw ist vor drei Stunden in Centerport angekommen. Er wurde dort von zweien seiner Leute erwartet – Tony Varesse und Egon Marsh. Also?«

»Wenn Sie das wissen, warum fragen Sie dann?« Baynes' Stimme klang jetzt vorsichtig.

»Geben Sie mir bitte eine Beschreibung des Wagens, den Varesse und Marsh gefahren haben.«

»Warum? Sie müssen mir schon triftige Gründe nennen. Immerhin ist McGaw mein Brötchengeber.«

»Ihr Chef ist in Gefahr. Das dürfte im Moment Grund genug sein.«

»Woher wollen Sie das wissen?« Das klang keine

Spur besorgt, ja, nicht einmal überrascht. Ich war sicher, daß Baynes Bescheid wußte. Und seine Sorglosigkeit mußte einen Grund haben.

»Ich glaube, Sie übertreiben, Mr. Cotton. Mein Boß weiß sich stets zu helfen.«

»Das will ich glauben«, warf ich grimmig ein. »Jetzt hören Sie eine Minute gut zu, und treffen Sie dann Ihre Entscheidung.«

Ich sprach scharf und etwas ungeduldig. Ich hatte das Schweigen der McGaw-Clique satt. Wenn die Brüder mir nicht helfen wollten, sollten sie doch sehen, wie sie aus dem Schlamassel rauskamen. »Ihr Boß ist von zwei Gangstern gekidnappt worden, das wissen Sie ganz genau. Ich bin sicher, daß Sie ein Rollkommando losgejagt haben, das Ihren Boß freipauken soll . . .«

»Mr. Cotton . . .« setzte Baynes an.

»Ich bin noch nicht fertig«, donnerte ich dazwischen. »Wenn McGaws Leute einen der Gangster umbringen, nagele ich Ihren Boß fest und bringe ihn vor Gericht. Darauf können Sie sich verlassen. Und für Sie werde ich auch einen Paragraphen finden. Unterdrückung von Informationen über ein Schwerverbrechen . . .« Ich ließ das Wort drohend im Raum stehen.

Baynes schwieg einen Augenblick. »Mr. Cotton«, sagte er dann mit dünner Stimme, »verstehen Sie doch . . . ich habe meine Anweisungen . . .«

»Sie müssen es wissen«, sagte ich kalt.

Baynes ächzte. »Fragen Sie doch Kelly . . .«

»Sie sind ein Wicht, Mr. Baynes. Wollen Sie die Verantwortung auf Untergebene abschieben?«

Der Wicht schien zu wirken. »Mr. McGaw hat den Olds, Delta 88 Custom, mitternachtsblau. Die Nummer weiß ich nicht aus dem Kopf . . .«

»Okay, Mr. Baynes. Und wohin haben Sie die Bodyguard geschickt?«

Baynes ächzte erschlagen.

»Nun los«, drängte ich. »Wenn wir zu spät kommen, tragen Sie die Verantwortung.«

»Sie sind in den Elmhurst-Studios, Film- und Fernsehstudios, stehen zur Zeit leer.«

»Wo ist das?«

»Queens, Elmhurst, auf dem neuen Industriegelände zwischen Northern Boulevard und Grant Central Parkway.«

»Südlich des La Guardia?«

»Ja«, bestätigte Baynes. »Es ist eine flache, weiße Halle. Die Außenbeleuchtung brennt. Sie können es gar nicht verfehlen. Außerdem sind die Jungs bestimmt schon da, bis Sie kommen . . .«

»Hoffentlich nicht«, meinte ich und rammte den Hörer auf die Gabel. Ich nahm ihn gleich wieder auf und rief unser District Office an.

Ich bat den Chef, das zuständige Polizeirevier zu alarmieren und Verstärkung zum Studio zu schicken. »Aber bitte«, fügte ich hinzu, »sie sollen warten und sich nicht sehen lassen, bis wir da sind. Es sei denn, der Schuppen fliegt in die Luft . . .«

Wir verabschiedeten uns hastig vom Sheriff, der uns sehnsüchtig nachblickte. Bestimmt hätte er zu gern einmal eine richtige Schießerei mitgemacht. Doch dazu konnten wir ihm nicht verhelfen. Im Gegenteil, Phil und ich wollten alles daransetzen, ein Blutvergießen zu vermeiden.

Kaum hatte Capello das Magazin seiner Waffe leergeschossen, als er es auch schon bereute. McGaw hatte ihn provozieren wollen, und es war ihm gelungen.

Capello steckte die Waffe in den Hosenbund und wechselte geräuschlos seine Position, Nancy hinter sich herziehend. Das Girl zitterte wieder heftig, aber es machte keine Anstalten, sich aus Capellos hartem Griff zu befreien. Er wunderte sich darüber, machte sich aber weiter keine Gedanken. Er dachte an Dix, der leblos nur wenige Schritte von ihm entfernt lag. Konnte er es riskieren, zu ihm hinzugehen? Wahrscheinlich wartete McGaw nur darauf, um ihm dann von hinten einen Knüppel über den Schädel zu schlagen. Aber Capello wollte das Geld haben, und er brauchte die Magazine für die Pistole, die Dix in seiner Tasche hatte.

Capello hatte keine Ahnung, wo McGaw stecken mochte. Die Halle stand voller Kulissen, Podeste, Kamerawagen und allem möglichen Gerümpel, das hatte er feststellen können, als die Lampen brannten. Aber die kurze Zeit hatte nicht ausgereicht, um sich das Bild besser einprägen zu können.

Capello hörte, nein, er ahnte eher, daß etwas durch die Luft flog. Ein schwerer Gegenstand schlug polternd neben ihm auf. Capello rührte sich nicht. Er spürte nur, wie das Girl heftig zusammenzuckte. Wieder flog etwas heran, knallte auf einen Balken, neben dem Capello stand. Der Balken wippte und berührte seine Kniekehlen. Capello wich weiter aus. Er bückte sich und suchte nach einem Gegenstand, der ihm als Waffe dienen konnte. Er fand eine lange Latte und hob sie auf.

Er faßte das Holz fest mit der rechten Hand und ließ es langsam kreisen. Die Latte war vielleicht acht bis zehn Fuß lang. Sie stieß gegen keinen Widerstand.

»Komm mit«, wisperte er Nancy zu. Behutsam schob er einen Fuß vor den anderen, lautlos bewegte er sich auf die Tür zu, neben der Dix lag. Die Finsternis war undurchdringlich, aber er glaubte, die Richtung zu kennen. Langsam ließ er die Latte kreisen, bereit, sich sofort auf den Boden zu werfen, wenn sie an etwas stoßen sollte. Er hoffte, McGaw in die Finger zu bekommen. Den Kerl würde er mit bloßen Händen umbringen, genauso, wie McGaw Dix erledigt hatte. Capello würgte seinen Zorn hinunter und tastete sich weiter.

Die Latte stieß an etwas Hartes, und Capello blieb wie angewurzelt stehen. Mit angehaltenem Atem wartete er auf eine Bewegung oder ein Geräusch. Nichts geschah. Er ließ sich auf die Knie nieder. Er biß die Zähne zusammen, als er den Schmerz in seiner verletzten Kniescheibe spürte. Nancy hockte sich neben ihn, er fühlte ihr weiches Haar in seinem Gesicht. Ich bringe dich hier raus, versprach er ihr lautlos. Wieder wunderte er sich, diesmal über sich selbst. Was ging ihn die Kleine an?

Langsam rutschte er im Kreis herum, die Latte hatte er abgelegt. Mit den Händen tastete er herum. Einmal glaubte er, ein Geräusch gehört zu haben, und erstarrte. Ein metallisches Schaben, er war da ganz sicher. Aber es wiederholte sich nicht, also suchte er weiter.

Dann fühlten seine Finger Stoff, harten Stoff, und als er seine Hand weiterwandern ließ, spürte er Haut. Weiche, glatte Haut. Dix!

Der rauhe Stoff mußte zu den Säcken gehören. Capello faßte zu und zog. Dix lag offenbar mit seinem ganzen Gewicht auf einem der Säcke, die immer noch zusammengebunden waren. Er zerrte heftig. Endlich gaben sie mit einem Ruck nach, und Capello schwang sich das Bündel über die Schulter. Dann tastete er seinen toten Freund ab. Die Jacke hatte Dix irgendwann während des Sturms verloren, und heiß fiel Capello ein, daß Dix die Reservemagazine meistens in den Jackentaschen trug.

Er wälzte Dix auf die Seite und strich mit beiden Händen über dessen Hosentaschen. Mit wilder Freude fühlte er etwas Hartes in einer Tasche und fuhr hinein. Tatsächlich, da war ein Magazin!

Rasch zog Capello seine Pistole, löste den Rahmen aus dem Griff, sorgsam bedacht, kein noch so leises Geräusch zu verursachen. McGaw war gewiß überzeugt, daß er keine Patronen mehr hatte. Er preßte die

Waffe gegen seinen Bauch, um das leise Klicken abzufangen, wenn er das neue Magazin hineinstoßen würde. Er atmete auf, als es ohne einen Laut gelang. Vorsichtig zog er sich erneut in das Innere der Halle zurück.

Irgendwann mußte auch McGaw sich rühren, dachte Capello verbissen. Die Stille und die Finsternis gingen ihm immer mehr auf die Nerven. Alle seine Sinne waren gespannt. Er rechnete jederzeit damit, daß McGaw das Licht wieder einschalten würde. Diesmal wollte er sich besser umsehen. Wenn es ihm gelingen sollte, den Mann zu erspähen, ehe die Lampen wieder erloschen, wollte er dem Kerl das Magazin in den Leib pumpen. Aber er würde schon zufrieden sein, wenn er nur einen Lichtschalter entdecken würde. Dann hatte er nämlich die Trümpfe in der Hand. In diesem großen Bau mußte es mehrere Schalter geben, dessen war er sicher. Und wenn es nur der Schalter für die Notbeleuchtung war, das war egal. McGaw saß wahrscheinlich in irgendeinem Regieraum, aber das spielte keine Rolle. Er würde ihn finden. Der Gedanke an Licht beherrschte Capello jetzt und ließ ihn nicht mehr los. Licht, Licht, Licht, dachte er.

Als die Deckenlampen dann tatsächlich aufflammten, traf ihn der helle Schein zuerst doch wie ein Schock, und er schloß geblendet die Augen. Als er sie wieder aufriß, fiel sein Blick auf Dix' Leiche, zuckte zur Tür, und er erstarrte. In dem Moment erloschen die Lampen wieder.

Capello konnte es nicht fassen. Die kleine, eiserne Tür, durch die sie die Halle betreten hatten, stand offen! Das schabende, metallische Geräusch, dachte Capello. Hatte McGaw etwa das Studio verlassen? Nein, das konnte nicht sein. Oder doch? Konnte McGaw die Beleuchtung von dem Vorraum, aus oder von einem anderen Raum, der neben dem Vorraum liegen mochte, bedient haben? Aber dann schüttelte Capello den Gedanken ab. Warum hätte McGaw das tun sollen?

Die Tür stand offen, er konnte raus. Alle seine Sinne witterten die Falle, aber er mußte einfach raus. McGaw sieht genausowenig wie du, hämmerte er sich ein, und er traute sich zu, bei einem körperlichen Kampf mit ihm fertig zu werden. Worauf wartest du noch?

Capello zögerte nur noch eine Sekunde, dann schlich er auf die Tür zu. Er legte seinen rechten Arm um Nancys Schulter und zog das Girl behutsam mit sich. Die Pistole trug er in der linken Hand.

Capello stieß gegen die Wand und folgte ihr nach rechts. Dann fühlte er den eisernen Türrahmen und schlüpfte hindurch. Unendlich langsam glitt er an der Wand des kleinen Flurs entlang. Alle Muskeln hatte er gespannt, er erwartete jeden Moment den Angriff.

Dann hatte er die Außentür vor sich, und nichts war geschehen. Er tastete nach dem Türdrücker, seine Hand fand das kalte Metall. Mit angehaltenem Atem drückte er die Klinke nieder.

Er brachte seinen Mund an Nancys Ohr. »Wenn ich die Tür aufstoße, rennen wir los, egal, was passiert, klar?« flüsterte er.

Er spürte ihr Nicken. »Dann los«, sagte er etwas lauter und stieß die Tür auf.

Er wollte losstürmen, blieb aber wie angewurzelt stehen. Auch Nancy verharrte regungslos. Die beiden starrten fassungslos auf die drei Wagen, deren aufgeblendete Scheinwerfer genau auf die Tür gerichtet waren. Er hob einen Arm schützend vor seine Augen, riß den anderen mit der Pistole hoch und schoß, einmal, zweimal.

Hastig wich er zurück, schlug die Tür zu, faßte das Girl und rannte in die Halle zurück. Er warf die innere Tür ins Schloß, der Knall dröhnte in seinen Ohren. Keuchend lehnte er sich gegen das Metall, ehe er sich aufraffte und mit Nancy zusammen ins Innere der Halle auswich.

»Na, Junge«, kam dumpf die Stimme aus der Finsternis, »sind meine Jungs schon da?«

Capello antwortete nicht. Er blieb stehen und lauschte angestrengt. Er hörte, wie die Tür aufflog und gegen die Wand prallte, und er vernahm Schritte. Feste, gleichmütige Schritte von mehreren Männern, die sich offenbar gleich verteilten. Die Scheinwerfer der Autos draußen brannten nicht mehr, oder die Kerle hatten die äußere Tür hinter sich geschlossen. Kein Lichtschimmer drang in die Halle.

Capellos Faust umklammerte den Kolben der schweren Pistole. Er wollte sich nicht kampflos ergeben. »Hau ab, Kleines«, flüsterte er dem Girl zu. Wieder spürte er, wie sie den Kopf schüttelte.

Und dann dröhnte wieder diese Stimme durch die Halle. »So, Junge, jetzt machen wir dich fertig!«

Als wir vom Northern Boulevard abbogen, schaltete Phil die Sirene aus, die uns den ganzen Weg von Centerport bis hierher begleitet hatte. Ich wußte ungefähr, wo das neue Industriegebiet lag, und wies Phil den Weg. Die ersten Neubauten tauchten wenig später auf, und Phil schaltete auch das Rotlicht ab.

Ich entdeckte den flachen, fensterlosen Bau zuerst. »Da rein«, sagte ich zu Phil. Mein Freund riß den Wagen herum und schoß in die Straße hinein, die mehr ein ausgefahrener Feldweg war. Im bläulichen Schein der Bogenlampen sah ich, daß das Tor zum Grundstück offen war, und dann bemerkte ich auch die Wagen, die vor der Stirnseite standen. Es waren vier Stück. Menschen waren nicht zu sehen.

Phil steuerte den Chevrolet in den Hof und stoppte hinter einem Oldsmobile Delta 88, der McGaw gehören mußte. Hinter uns glitten zwei Streifenwagen durch das Tor. Die Cops hatten sich gut verborgen, dachte ich anerkennend. Ich hatte sie vorher nicht bemerkt.

Phil und ich stiegen aus. Auch die Radio-Cars hielten an, und die Polizisten kamen zu uns herüber, es waren vier Mann.

Rasch verteilte ich die Rollen. Es waren nicht viel, noch nicht, und ich hoffte, nicht die volle Besetzung einsetzen zu müssen. Ich wählte den ältesten Sergeant aus, den ich zum Einsatzleiter bestimmte.

»Lassen Sie einen Wagen mit einem Mann um das Gebäude herumfahren«, sagte ich zu ihm. »Der Bau wird noch mehrere Türen haben. Postieren Sie eventuell einen Mann auf der Rückseite, der dann eine Längsseite mit beobachten kann. Jeder, der die Halle verläßt, muß gestellt werden. Schußwaffe nur im äußersten Notfall. Alles klar?«

»Klar, Sir«, bestätigte der Sergeant.

»Okay. Lassen Sie erst die Zündschlüssel dieser Automobile abziehen«, ordnete ich noch an und sah Phil fragend an.

»Den Schlüssel zu unserem Chevy habe ich noch in der Tasche«, murmelte er. »Bin doch kein Baby!«

Ich grinste flüchtig und ging auf die kleine Tür neben den beiden Rolltoren zu. Phil und ich postierten uns rechts und links, ich drückte langsam die Klinke nieder. Die Tür ließ sich öffnen. Ich zog meinen Smith & Wesson, auch Phil hatte seine Waffe in der Hand.

Vor uns lag ein stockfinsterer Raum. Die Hofbeleuchtung reichte kaum einen Schritt weit hinein. Ich sah nur, daß zwei Wände sich etwa vier oder fünf Fuß breit gegenüberstanden, und schloß daraus, daß es sich um einen Flur oder einen Vorraum handeln mußte. Ich schob mich vorsichtig hinein, während Phil mir Feuerschutz gab und mir dann folgte.

Wir huschten einige Schritte vor und stießen gegen

eine weitere Tür. Ich preßte mein Ohr gegen das Metall. Dahinter rauschte es, sonst war nichts Besonderes zu hören. Doch! Etwas polterte und dröhnte.

»Handscheinwerfer«, flüsterte ich meinem Freund zu. Phil lief leise zurück und brachte wenig später einen starken Batteriescheinwerfer mit.

Ich öffnete vorsichtig die Tür, während ich mich eng an die Wand preßte. Ich sah nicht, wie die Tür zurückglitt, ich spürte es nur. Der Raum dahinter war in tiefer Finsternis. Blitzschnell huschten Phil und ich hinein.

Ein Schuß peitschte, die Kugel schlug knapp neben meinem Kopf in die Wand. Donnernd brach sich das Echo in der Halle, die sehr weit sein mußte. Ich sah den Mündungsblitz, aber andere mußten ihn auch gesehen haben, denn jetzt blitzte es an mehreren Punkten auf, doch die Schüsse schienen nicht uns zu gelten, das erkannte ich an der Richtung der Mündungsblitze und daran, daß keine weiteren Kugeln in unserer Nähe einschlugen.

Bevor einer von uns etwas unternehmen konnte, hörte ich einen schrillen Aufschrei, der sofort wieder verstummte.

Das war eine Frau gewesen! Ich spürte, wie sich meine Haare sträubten. Von einer Frau war nicht die Rede gewesen.

»Stop!« brüllte ich. »Hier spricht der FBI!« Eine Flüstertüte brauchte ich nicht. Der hohe Raum vervielfältigte meinen Ruf. Als er verhallte, herrschte Stille. Mehrere endlos erscheinende Sekunden lang.

»FBI?« fragte jemand mißtrauisch.

»FBI«, bestätigte ich laut. »Sind Sie hier, McGaw?«

Wieder verblüfftes Schweigen, dann: »Ich bin hier. Wer hat Sie gerufen?«

»Niemand. Alles rauskommen, und zwar mit erhobenen Händen. Ich gebe Ihnen zehn Sekunden!«

»G-man«, kam die Stimme wieder. »Gut, daß Sie hier

sind. Sehen Sie zu, daß Sie diesen Gangster schnappen. Der Kerl hat eine Schußwaffe . . .«

»Sind Sie frei?«

»Ja!«

»Dann kommen Sie raus, mit ihren Leuten.«

»Wir kommen! – Jungs, wir ziehen ab.«

Ich hörte Schritte, Schlurfen und das Poltern einer Kiste oder etwas Ähnlichem. Phil und ich zogen uns durch den Vorraum zurück und gingen ins Freie. Dort erwarteten wir McGaw und seine Leute.

McGaw erschien zuerst. Ich war ihm noch nie begegnet, erkannte ihn aber sofort nach den Fotos, die regelmäßig von ihm in den Gesellschafts- und Filmspalten der Zeitungen erschienen.

McGaw kam gemessenen Schrittes auf mich zu, während die anderen neben der Tür stehenblieben, die Hände halb erhoben. Capello und der andere Gangster waren nicht dabei. Und keine Frau.

Ich sah McGaw an. »Wer ist die Frau da drin?«

Er zuckte die Achseln. »Nancy Pemberton heißt sie. War mit mir auf der Yacht. Dieser Gangster hat uns entführt, mich und das Mädchen.«

Phil und ich sahen uns stumm an, dann marschierten wir los.

»He!« rief McGaw uns nach. »Sie brauchen nur mit einem zu rechnen. Den anderen habe ich ausgeschaltet.«

Wir betraten den Vorraum. Diesmal schloß ich die Außentür hinter uns. Bei unserem ersten Eindringen in die Halle mußte ich ein verdammt gutes Ziel gegen die Außenbeleuchtung abgegeben haben, der Schuß neben meinem Kopf hatte es bewiesen.

Völlige Finsternis umgab uns. Phil trug zwar noch den Handscheinwerfer, aber es war kaum ratsam, ihn einzuschalten.

Leise schlüpften wir in die Halle. Ich hatte keine

Ahnung, wie sie von innen aussehen mochte. Meine Hand tastete über die Wand neben der Tür, fand aber keinen Lichtschalter.

»Ich bin hier, Capello!« rief ich laut. »Cotton, erinnern Sie sich?«

»Haben Sie es doch so schnell geschafft, G-man? Alle Achtung! Das hätte ich Ihnen nicht zugetraut. Sie sahen ja ziemlich mitgenommen aus.«

»Ich fühle mich jetzt ganz wohl, Capello. Und ich bin nicht allein. Der Laden hier ist umstellt. Sie haben nicht die geringste Chance. Ihrem Freund scheint es nicht besonders zu gehen, wenn ich Mr. McGaw richtig verstanden habe. Und Ihren anderen Komplicen, den Burschen mit den roten Haaren, haben wir auch schon erwischt. Also, Capello, geben Sie es auf!« Das war eine ruhige, ausführliche Rede gewesen.

Das Girl hatte ich mit Absicht noch nicht erwähnt. Vielleicht war sie verletzt worden, als McGaws Gorillas Capello unter Beschuß genommen hatten, und ich wollte den Gangster nicht unnötig auf sie aufmerksam machen. Vielleicht befand sie sich gerade in guter Dekkung.

Schon die nächsten Worte des Gangsters brachten Klarheit. »Ich habe noch einen kleinen Trumpf im Ärmel, Cotton!« rief er. »Ich habe eine Lady bei mir!« Er wartete auf eine Reaktion von mir, und als ich nicht sofort antwortete, schrie er: »Haben Sie nicht gehört? Ich habe ein Girl hier! Verschwinden Sie, und geben Sie mir freie Bahn!«

»So einfach geht das nicht, Capello. Ist das Mädchen verletzt?«

»Es hat 'ne kleine Schramme, sonst nichts. Die hat McGaw zu verantworten, nicht ich.«

»Miß Pemberton!« rief ich. »Melden Sie sich bitte!«

»Los«, hörte ich Capello sagen, »flöte mal.«

»Hier bin ich!« rief eine weibliche Stimme.

»Sind Sie frei?« fragte ich.

»Nein . . . bitte, lassen Sie uns gehen! Bitte«, flehte sie.

»Haben Sie gehört, Cotton? Gehen Sie raus, und sagen Sie Ihren Leuten Bescheid, sie sollen abziehen. Stecken Sie den Zündschlüssel in McGaws Wagen.«

Ich mußte den Gangster erst mal hier rausbekommen, dann konnte ich weitersehen. »Okay«, sagte ich deshalb, »Sie sollen Ihre Chance haben. Wo setzen Sie das Girl ab?«

»Wo, werde ich Ihnen nicht verraten. Aber ich verspreche Ihnen: In genau dreißig Minuten nach meiner Abfahrt steht Nancy auf irgendeiner Straße. Und nun gehen Sie. Lassen Sie beide Türen auf! Dann kann ich sehen, ob sie das Gruselkabinett auch wirklich verlassen.«

Blitzartig zuckte eine Idee durch meinen Kopf, und ich erinnerte mich an den Trick, der Phil bei dem anderen Gangster auf Willow's Point gelungen war. Ich faßte Phil an der Schulter und schob ihn zur Tür. Dort gab ich ihm einen sanften Stoß.Er schien begriffen zu haben und öffnete sie. Ich stellte mich hinter die Tür und wartete. Der Trick mußte gelingen. Nur ich hatte mit Capello gesprochen, und wir hatten keine Geräusche verursacht, die auf die Anwesenheit zweier Personen hingewiesen hätte.

Phils Schritte verklangen. Von draußen drangen Rufe herein, dann legte sich atemlose Stille über den Raum. Die Minuten verstrichen. Dann hörte ich jemanden flüstern, einen Sprung, lärmend schien ein Bündel Balken oder Latten zusammenzubrechen, etwas schepperte, und dann waren da vorsichtige Schritte, die sich auf die Tür zubewegten.

Ich strengte meine Augen an, um wenigstens etwas sehen zu können. Meine Augen hatten sich an die Dunkelheit gewöhnt; ich bemerkte jetzt den schwachen Lichtschimmer, der durch die Tür drang. Ich stand neben dem Licht und konnte vielleicht wenigstens schattenhafte Umrisse erkennen, wenn der Gangster in meiner Nähe erschien.

Die Schritte tasteten sich heran. Ich ahnte die Bewegung, bevor ich sie sah. Etwas Helles, schimmernde Haut von nackten Beinen. Ich hielt den Atem an. Das Girl ging voran! Das war die Chance, auf die ich gewartet hatte. Ich roch leichtes Parfüm, spürte einen Hauch – das Girl war neben mir.

Ohne einen Laut warf ich mich auf das Girl, stieß es von mir und wirbelte mit ausgestreckten Armen herum. Meine Faust schlug gegen eine Schulter. Ich sprang vor, erwischte Stoff und packte zu. Capello stieß pfeifend die Luft aus. Er wand sich unter meinem Griff. Dann grub sich eine mächtige Faust in meinen Magen, aber ich hielt fest.

Ich kannte jetzt die Richtung und schickte einige Schwinger mit meiner Rechten ab, in der ich immer noch den Revolver hielt. Ich traf einmal ins Schwarze – Capello stöhnte und erschlaffte für einen Moment. Aber die Zähigkeit dieses Mannes war unglaublich. Ich spürte genau, wie sich die Muskeln wieder spannten, und bevor ich einen neuen Schlag loslassen konnte, ließ er sich einfach fallen. Mit dieser Reaktion hatte ich nicht gerechnet. Der Stoff, es mußte ein Hemd gewesen sein, riß, und Capello war weg.

Noch einmal spürte ich ihn, als er davonhuschte. Ich schoß eine Linke ab, traf aber keinen Widerstand. Statt dessen dröhnte ein Schuß aus allernächster Nähe, das Mündungsfeuer blendete mich fast, und die Kegel pfiff an meinem rechten Ohr vorbei. Ich warf mich lang auf den Boden. Dann hörte ich, wie Capello davonlief.

Ich hielt meinen Revolver mit beiden Fäusten, fest entschlossen, beim nächsten Schuß das Mündungsfeuer aufs Korn zu nehmen. Aber Capello hatte wohl denselben Gedanken und verhielt sich ruhig.

Ich rollte mich etwas zur Seite, hob den Kopf und richtete den Mund in die Höhe. Das ist ein alter Trick, wenn man in einem dunklen Raum seinen Standort nicht verraten will. Man spricht einfach gegen die Decke oder gegen eine Wand.

»Hören Sie, Capello«, rief ich leise und wechselte erneut die Stellung.

»Was gibt's, G-man? Sie haben mich reingelegt! Verdammt, ich hätte Sie am Strand ersaufen lassen sollen!«

»Warum haben Sie's nicht getan?« Ich mußte ihn am Reden halten. Vielleicht gelang es mir, seinen Standort zu orten.

»Sie kennen doch meine Biographie, oder?«

»Ich war Mastersergeant bei den Ledernacken. Ich war in Korea dabei. Wissen Sie, was das heißt?«

»Ich kann es mir vorstellen.«

»Dreck und Blut und Scheiße. Das können Sie sich nicht vorstellen. Dauernd starben welche, nur weil die Kameraden die Hosen voll hatten und sie einfach liegenließen – bei mir ist nie einer liegengeblieben.«

»Schön, Capello«, sagte ich und robbte wieder etwas vor. »Sie haben Ihre rauhe Zeit gehabt. Kommen Sie jetzt raus. Oder ich lasse Sie ausräuchern.«

»Sie kommen nicht durch die Tür, Cotton – nicht lebend. Ich kann Sie gegen den Hintergrund sehen und knalle Sie ab wie einen Hasen!«

»Wetten, daß ich doch rauskomme?« Ich glaubte, Capellos Standort zu kennen. Jetzt galt es nur, ihn abzulenken.

»Da bin ich aber gespannt. Die Wette würde ich halten, aber ich wüßte nicht, wie wir sie einlösen sollten.«

Ich drehte meinen Kopf und brüllte in Richtung zur Tür: »Phil! Mach die Außentür zu!« Dann warf ich mich wieder flach hin und kroch ein Stück auf Capello zu. Nicht zu früh. Ein Schuß dröhnte, die Kugel klatschte gefährlich nahe in den Boden. Dann hörte ich das Zuschlagen der Außentür.

»Sie haben die Wette gewonnen, G-man!« rief Capello.

Ich antwortete von jetzt an nicht mehr. Zoll für Zoll tastete ich den Boden vor mir ab und kroch weiter. Vor mir raschelte etwas. Wenn ich Glück hatte, wurde Capello nervös. Er mußte vermuten, daß ich mich auf die Tür zubewegte. Unmittelbar über mir krachte ein Schuß. Ich hörte den Einschlag der Kugel in die offenstehende Innentür.

Ich warf mich vor und packte zu. Ich hatte Capellos Beine erwischt und riß sie zu mir heran. Capello stürzte schwer zu Boden, Balken polterten. Ich ließ die Beine los und faßte nach Capellos Oberkörper. Ein harter Schlag erwischte mich vor der Brust, dann konnte ich einen Arm packen und drückte ihn nieder. Mit der freien Hand schlug ich dorthin, wo ich Capellos Gesicht vermutete. Einmal schlug ich schwer daneben. Meine Faust ratschte über rohes Holz, aber dann hatte ich mein Ziel gefunden. Capello stieß einen gurgelnden Schrei aus, als ich meine Handkante gegen seinen Hals setzte – schließlich konnte ich mich nicht auf einen fairen, aber langen Kampf einlassen, solange Capello noch eine Waffe in der Hand hielt.

Ich drückte seine beiden Arme auf den Boden, ließ den linken plötzlich los und packte sein rechtes Handgelenk. Ich riß den Arm hoch und schlug die Hand auf den Boden. Dann drückte ich ihm die Mündung meines Smith & Wesson unter das Kinn. »Okay, G-man«, krächzte Capello. »Sie haben gewonnen.«

Schweigend standen wir wenig später in der jetzt hellerleuchteten Halle um Dix Hawthorns Leiche herum. Phil, McGaw und seine Gorillas, die Cops und Capello, der Handschellen trug, und Nancy Pemberton, deren linker Oberarm verbunden war.

Ich sah den Jungen an, der mit verdrehtem Kopf auf dem kalten Boden lag.

»Genickbruch«, meinte Phil.

Ich nickte und sah McGaw in die Augen.

McGaw erwiderte den Blick. »Notwehr, G-man«, sagte er ruhig und wies auf eine winzige Schramme auf seiner Wange.

»Er ist pervers«, sagte Nancy Pemberton plötzlich. Starr blickte sie an McGaw vorbei. Capello fing ihren Blick ein und lächelte. Ob Nancy das Lächeln erwiderte, konnte ich nicht feststellen. Ich glaube, es interessierte mich auch nicht. »Er haßt alle Menschen«, stieß sie dann hervor, »alle!« Sie wandte sich ab.

Ich ging nach draußen, an die frische Luft. Die anderen folgten mir. Die Cops führten Capello ab. Als der Gangster an mir vorbeikam, blieb er stehen und grinste mich an.

»Besuchen Sie mich doch mal in Sing-Sing«, sagte er. »Aber erst, wenn ich mein erstes Geld habe; ich schulde Ihnen noch einen Drink – für die verlorene Wette.«

»Vielleicht kommen Sie mal bei mir vorbei, wenn Sie wieder draußen sind. In Sing-Sing gibt's keinen Brandy.«

Capello lachte. »Machen Sie's gut, G-man«, rief er mir zu.

»Sie auch«, rief ich zurück. Und ich meinte es ehrlich.

ENDE